安徳天皇と草薙の剣、壇ノ浦から、どこへ

吉本 二三男／吉本 栄子
YOSHIMOTO Fumio ／ YOSHIMOTO Eiko

文芸社

鳥羽法皇が五十四歳の生涯を終えられたのは、保元元年七月のこと。今、鳥羽法皇がお亡くなりになれば、兄弟で戦さになろう。だれもが思ったことだろう。十五年前にもどると鳥羽天皇には妃の待賢門院璋子との間に、崇徳帝と十三歳年下の雅仁親王のお二方がおられた。

鳥羽天皇は崇徳帝を私の子ではない、祖父白河のおたねだと言い張り、祖父の子だから自分には叔父だ、叔父御、叔父御とうとんじられていた。

そして十三歳年下の弟君も、雅仁親王も、待賢門院璋子の生んだ子だから帝の器ではないとしりぞけられていた。二人目の妃、美福門院徳子の生んだ御子に皇位をつがすと鳥羽上皇は言い切った。

美福門院のお子が三歳になると崇徳帝に譲位をせまり、美福門院の生んだお子に皇位を継がせたのだ。まだ二十三歳の崇徳帝に私の子ではない、祖父白河の子だ、叔父なのだと崇徳帝を無理に譲位させ、皇位に付かれたのが三歳の近衛帝だ。

この時から崇徳帝は親院と呼ばれ、鳥羽上皇は鳥羽法皇と呼ばれるようになった。幼帝をいただき、政事の独裁権は父鳥羽法皇がしっかりにぎり、崇徳は若い身空で世捨人同然の境遇に陥らされた。崇徳は父の鳥羽法皇の憎悪に満ちた冷酷な仕打ちに苦しんでいた。

ところが昨年、近衛帝が十七歳で急にお亡くなりになり、まだ皇太子もたてておらず、次の皇位に就けるような人はおらず、近衛帝が夭折した。時二十九歳の雅仁親王がいたが、待賢門院璋子の生んだ子。

この母親に以て希代の淫乱の血を引く道楽者だったから、それでその頃十二歳年下の三歳の近衛帝だったのだから、雅仁親王の芽だけは無いだろうと公卿達は思っていた。こうなると、崇徳親院は近衛帝の夭折を喜んだ。十五年前、無理矢理退位をせまられたが、こうなると自分の子、重仁親王がもっとも近い。重仁親王が皇位につけば、自分にも帝の父親として院政をしく立場が回ってくると思ったが、一年前、明らかにされたのは雅仁親王だった。

公卿百官だれもがおどろいた。雅仁親王の芽だけは無いと思っていたが、鳥羽法皇はあくまでも崇徳排斥をつらぬく姿勢をしめした。七十七代後白河天皇。

崇徳上皇は、鳥羽法皇への怨念をかくそうともしなかった。鳥羽法皇、亡き近衛帝の母、美福門院。後白河帝の内裏方。

片や崇徳上皇、摂関家方との対立が決定的になって一年、今、鳥羽法皇がお亡くなりになれば、ただではすまぬ。だれでも思うことだった。

戦になるだろう。兄弟であらそう。

すでに内裏方は、源氏平氏の有力武将に召集をかけていたのだ。摂関公卿は崇徳院をおし、源氏に召集をかけていた。さてどちらに付く。

清盛は鳥羽法皇には疎んじられていた。あからさまにそうされてたわけではないが、気配でわかるものだ。

もしこれで事が起きても鳥羽方へ馳せ参じるほどの恩もなし、かといって親院方は。どちらかと言えば親院は平家贔屓のようだが、長い間お力の無い方と見てきたし、親院方に与している藤原頼長、あやつには反感をおぼえている。摂関家に生れ、わずか十七歳で内大臣にのぼり、三十歳で左大臣になった頼長にとって、武士などという者は飼い犬ぐらいにしか思っていない。そうした軽蔑の眼差が、どこで会ってもありありと感じられるのである。

戦となると勝つ方に付かねばならぬ。武門の頭領であれば、己の力で戦を勝ち取ると決意するのが当然だろうが、今度は武門同士の戦ではない。

どちらが勝つか見きわめねばならない。親院組にはあの悪左府頼長が……あれに与するのは不快だが、悪左府と言われるほどの頼長によっていかねばならぬ者。源氏は摂関家は主筋で有るなァ。

法皇の喪が明けた八日、ついに衝突が始まった。

親院方の召集におうじたのは平弘康、平時盛、忠正、長盛。源氏は源為義、頼賢、頼仲、為守、為朝。清盛の叔父、忠正その他一門にも、大ぜい親院方に付いたが、清盛は意をけっして後白河方内裏に付いた。源氏の頭領、為義も清盛と同様、最後まで迷いつづけたものだろう。嫡男、義朝が相談もなし内裏方へ真っ先に駆け付けたのだ。

しかし摂関家、源氏の古来の関係を考えれば、源氏は頼長の大命に従わざるをえん義理が有るのだ。

摂関家は源氏にとって第一の主筋である。ところが嫡男義朝が、独断で内裏方へ行ってしまった。合戦になれば親子で争うことになる。

義朝は六年前、坂東の地から京へ上り、ほどなく熱烈な恋に落ちた。相手は宮中に仕えるトキワと言う女性。宮中に登る時、千人の中からえらばれた一番の美人と言われた人で、十七歳で亡くなられた近衛帝の中宮、九条院呈子に仕えていたが、昨年夏、近衛帝が亡くなられた後も、そのまま中宮九条院に仕えていた。

トキワに義朝は熱を上げたのだった。九条院は摂政忠通の養女として入内した身。今なお近衛帝の母、美福門院の寵愛を受けている立場上、義朝にすればとても内裏方へ弓引く事は出来なかっただろう。だが六条堀川の為義の屋敷では長兄の義朝をはぶき、息子達全員が老父を囲み激怒していた。

源氏が結束すべき時、嫡男の義朝だけが勝手なふるまい許されるものかというものだ。為義の苦悩は大きかっただろうと思う。家中の大勢は崇徳親院方へのお味方。嫡男義朝一人が内裏方のお味方。親子兄弟が敵味方となって戦う。一族郎党引きつれて親院方に行く前、為義は一領の鎧を取り出し、これを義朝にとどけてくれ。

源太産衣と言う銘の鎧は、源氏代々の嫡男に伝えられた物だった。為義の敵となる息子にそれをゆずったのだ。

為義の参陣を崇徳親院は喜ばれたが、陣頭指揮を取る悪左府頼長はシブイ顔を隠そうともしない。為義に従ってきた源氏の武者が思ったより少なかったためだろう。それだけ義朝について内裏方へ行った者があると見たからだろう。

決断のおくれた為義は頼長にみかぎられた。為義の戦さ法をすべて頼長は取り入れず、強く首を横にふった。源氏方の兵が少なくとも、補う手はしっかり打ってある。大和奈良の僧兵に召集をかけている。

軍勢の不足はいなめないが、補う手は打ってあるのだ。

マロの指揮にしたがえと、源氏の戦法を取り入れようとはしない。戦の事は武者におまかせ下され。南部の僧兵どもを頼りに、ムザムザ戦機を逸するとは笑止のかぎり。内裏方には戦上手の兄義朝がおりますぞ。必ず夜討ちをかけて参りましょう。その時になってあわてても、おそうござる。僧兵どもが来るまでまてるものか、バカバカしい。

為義の子八郎為朝が顔を真赤にして立ち上る。

馬鹿馬鹿しいとは何たる暴言、返答いかんによっては許さぬぞ、武士の分際で。この戦はマロの指図にしたがえ。頼長も激怒した。父為義があわてて息子達に目配せし、兄達が為朝の腕を引く。その兄達を引きずるようにして頼長にくってかかったが、軍議は頼長の作戦になってしまった。

内裏方の指揮をとる入道信西は、親院方頼長とちがって兵法の常道であると説く義朝の言葉に納得したのだった。

鳥羽法皇の崩御から双方の対立は、激突後わずか二刻余りであっけなくけりがついた。敗れた親院方の末路は悲惨なものだった。

武門同士の戦じゃあるまいし、内裏方親院方のあらそいに負けた方に斬首の刑とは思ってもみなかった。内裏方の処分は峻烈をきわめた。

陣頭指揮をとった入道信西は、義朝に父為義や弟達、おもだった一族の処刑を命じた。

むろん清盛も、叔父の忠正や同族の者達の斬首を命じられた。斬首の刑は実に二百五十年ぶりの刑だったが、強硬にこの刑を主張したのは信西だ。

崇徳親院も讃岐の松山へ流罪と決まった。

親院方陣頭指揮者、頼長の父忠実は、長男関白忠通の懇願で流罪はまぬかれた。

忠通は関白であったため、弟の頼長へ与する事は出来ず、内裏方お味方。この方も兄弟で戦わねばならなかった。息子頼長が院方お味方と言う事で、広大な家領を大半乱後に没収された。

義朝の弟、弓の名手為朝は左腕の筋を切られ、伊豆へ流された。義朝の悲しみは大きい。

入道信西は後白河帝の雅仁親王時代のウバ、紀伊の局を娶っていた。後白河帝のウバの夫だ。

入道信西は後白河帝の絶大な信任を得て、朝廷政治の中枢を占めるようになった。清盛は播磨の守、義朝は大野守となった。前面に立ってはたらいた武士達にあまりの恩賞の軽さに、不平はかくせない。六十一歳の父親を斬らされた義朝のかなしみは大きい。保元の乱、この合戦では多くの手勢を失い、乱がおさまった後には父親や叔父兄弟を斬った。その親院方と後白河帝方との争いに負けた方に斬首の刑とは、思ってもみなかった。強硬に極刑を主張した信西への憎しみが、押さえようにも押さえ切れぬ思いだった。

その不満が三年後の平治の乱となっていくのだ。

朝廷の政治闘争は、常に天皇方と摂関家との争いだったと言っていい。そもそも院政というものが始まったのは、幼い天皇をいただき、これを補佐する名目で摂政が政治権力をにぎった反発からだった。

後白河院にガッシリと食い込んだ信西が、摂関家を弱めようとするかまえだ。信西は乱後、摂関家家領を次々没収しはじめた。関白忠通は後白河方に付いたのだが、弟頼長が崇徳院方に付いた事で、信西に広大な家領の大半を乱後に没収された。

保元三年、後白河天皇は急に退位を表明された。

御子守仁親王に位をゆずられた。七十八代二条天皇。

後白河天皇は上皇となられたが、院政はなさない。

この譲位劇も信西の進言によるもので、信西の徹底した摂関家弱体化政策の一かんと見ていた。

二条帝即位によって、さらに摂関家が弱いものになるだろうと、人々はうわさしはじめた。

この譲位を機に、公卿達の反発不平がふき出た。

信西とその一族の者で院の寵を押立てしない、院政の名をかりた信西の独裁が始まったから。

十六歳の二条帝は聡明で決断に優れているともっぱらの評判で、それをたてに反信西派は天皇親政を主張した。

後白河院が政治を司る事はおかしい。二条帝は聡明な御方、二条帝に天皇政をおかえしせよ。

院政はおかしい。もともと院政は幼い天皇、又は病弱などの天皇に代って、父の上皇又は法皇がとるということが建前だった。天皇親政派は権大納言藤原経宗。経宗の妹は二条帝の御母君。経宗は信西を何とか失脚さえさせれば良いと考えていた。

保元四年、四月末。平治と年号が改まった。

後白河院の寵愛を受け、調子にのっている信西。

藤原信頼という上級公卿がいた。二十六歳のこの青年は鳥羽院の近臣だった藤原忠隆の子で、何不自由なく育ち、正三位、後、権中納言と順調に出世し、この信頼が近衛大将を望んだ。近衛大将はきらびやかな職。これにあこがれたものだ。家柄、官位からして、無理な話ではなかったが、信西はこれを頑固受け付けなかった。

それで信西に反発して躍り出た。信西打倒と。

武門同士の戦さではない、内裏方と親院方との争いで、まさか負けたがわの斬首の刑とは思いもよらなかった。義朝父の首を斬らされ弟達の首を斬らされた義朝は、信西をうらんでいた。

清盛は自分と似た性格の信西に取り入り、信西は信西で、事有る時は平家一門を取り込んでいれば安心と、何事も同調した。

保元四年四月、平治と年号も改まり、おだやかな日がつづいた。清盛は一門はおもだった重臣を引きつれ、熊野参りに出かけた。半月は留守にする旅だ。

その計画が知れて、信頼は義朝を取り入れ、清盛の熊野参りの間に信西の征伐に走らせた。

清盛の留守の間に、信西の首をはねた義朝は播磨の守に、子の頼朝は右兵衛佐に任じられ、存分に位をふるまわれた。

信西は自分がせいしたと、信頼のあまりの浮かれように、藤原経宗といった二条帝の母の兄、他の公卿達も、このようなありさまで信西をほうむった所で何になろうとなげき合っていた。

そこへ清盛はうまくすりよっていった。

十二月二十五日、清盛は二条帝を女装させ、自分の屋敷へ。院は仁和寺へ入られた。二十六日、二条帝から信頼、義朝の追討宣旨を得て、兵を出したのだ。

平治の乱といわれたこの乱も、わずか半日でけりが付いた。

義朝は正宗の子、義平、朝長、頼朝、三人の子をつれ京を落ちて行った。東国に下り、再起のための兵を集めるつもりでいたが、次男朝長は合戦のさい受けたキズが身動きも出来ぬほど重くなり、自分から父親に介錯を願い、雪の中で散って行った。

三男頼朝は、途中ではぐれてしまった。

わずかに従う者の中の腹心の一人、鎌田政清は尾張に我が妻の父親がおります、一夜の宿をたのみ申しましょうと勧めた。尾張の豪族、長田忠致に一夜の宿をもとめてもらった。長田忠致は娘ムコの願い、鎌田政清は義朝一行を快く受け入れてくれたと思ったが、勧められるままに風呂に入っている所を、忠致の家臣達に政清ともどもメッタ切りにされ、三十八歳の生涯を閉じた。

　義朝は尾張の長田忠致に、その娘ムコとともどもだましうちにされた。

　平治二年（一一六〇）正月。

　トキワは生れてまもない牛若をふところに、今若五歳、乙若三歳の子をつれて、かくまわれていた。叔父の家を後にした。正室の子、義平も平家の武士にとらえられ、六条河原で首をおとされたとか。トキワは必死だった。義朝の子は根絶しにされるのは武門のことわり。この子等もこの幼い子まで。トキワは必死だった。でも清盛はそれをしなかった。保元の乱で共に戦った時の義朝の人となりをなつかしみ、自分の子供達と同じ年頃の子供達ばかり、不憫に思ったのだろう。子は何歳だ。清盛のしずかな声にトキワはおどろいた。鬼のような男子と聞こえていただけに、おどろいた。牛若は生れて三月、乙若は三歳、今若は五歳になります。ウム、乙若が三歳とな。ワシの子、五男五郎丸と同じ年か。しばらく手元で養え。七つになったら寺へ入れよ。

　言い残して立ち去った。トキワは三人の子と共に監視されながら、平家の屋敷にそのまま止めおかれた。

　嫡男義平は父の死を風のたよりに聞き、東国の兵集めも思うにまかせず、京にもどってきた所を平家の手で六条河原で首を落とされた。三男頼朝も平家に捕えられた。清盛はこの少年も首をはねるつもりでいた。保元の乱では鎧兜で身をかため、ともに戦った一人である。三男ながら義朝の正室の生んだ子と知れば、生かしておく理由はまったくなかった。清盛には義母に当たる池禅尼が、捕えられた頼朝をかいま見てから、あのお子は丁度亡くなった清盛の弟家盛と同じ年頃。よう面ざしも以てる。あの目元、ほほのあたりが丸で生きうつしじゃ。生きうつしではございませぬかのう、清盛殿。これも仏の御縁かと思います。あのお子の命助けてたもれ。のうのうと池禅尼は夭折した我子に面ざしが以ていると不憫がり、命乞いを始めた。

あまりの熱意に根負けした清盛は、助命をみとめ伊豆へ流罪とした。まさか二十年後の一族滅亡につながるとは。

後白河上皇の院政を廃止し、入道信西の独裁許さじと立ったのは、親政派と呼ばれる面々だ。

二条帝の親政実現をめざす事で信西の権力をそごうとしたもので、中心になったのは藤原惟方、藤原経宗。二条帝の母の兄。自分達だ。

清盛と結託したのは、武力を利用しただけのこと。

武士という者は公卿の支配下にあって、武力をもって仕える者と思っていたのである。藤原経宗等は、清盛のはたらきは当然の事と思っていたのだ。その経宗らは勝利者として天皇親政を進めようと張り切って、年号を永暦とした。

それまで信西と後白河院とで行ってきたものまで、院政のしくみを次々と停止させてきたり、廃止したり。

親政方は調子に乗りやがって。入道信西をオレの留守の間に打ち取ったは好しとして、後の仕末はオレがいたからこそ。

永暦元年二月、清盛は後白河院の命であると、とつぜん兵を出した。経宗、惟方を逮捕した。経宗を阿波、惟方を長門へ流した。

武士がその気になったら、どんな事も出来るのだ。清盛ははっきり後白河に付いた。この事が武門の持つ力を、いかんなく公卿百官に思いしらせた。公卿達は先の乱をせいした事より、今度の二卿の逮捕の強行におどろいた。それ以後、公卿達はだれもが清盛の顔色をうかがうようになる。清盛に流人とされたお二方のぬけた後はひっそりとしてしずかだったが、十八歳になられた二条帝が聡明なお方で、朝廷の政事は古来の姿にもどすと言われてゆずらない。後白河上皇と入道信西の政事を、古来にもどすと主張してゆずらない。

二条帝は、天子に父母はない。上皇の仰せにしたがうは、政事に私情を加える事であると引かない。

後白河方は後白河方で、父君の上皇に対する忠孝こそが、万民範たるべきものと非難する。

この両方の泥仕合は半年もつづいたが、清盛の登段で院政側に軍配が上った。この年八月、清盛は参議となり、公卿の列にくわわれる事になる。

公家の社会は、歴然とした階級制によって成り立っている。六位以下は地下という下級官吏で、五位以上が昇殿をゆるされる。殿上人三位以上を公家という。左右大臣、大納言、中納言、参議、朝廷政治にくわわるのはこの公卿達だ。これまで武士で殿上人になった人はいたが、公卿に列せられたのは清盛が初めてだ。後白河院は二条帝側を抑え込むため、清盛の武力を用いることにしたのだろう。

清盛を、後白河院は検非違使の別当にも任じられた。清盛は、公然と武力をつかう事が出来るようになったのだ。

かような世の中になるとは、末法の世とは申せ、あきれた事じゃ。時代がかわった。だれもがあきれた。

永暦二年九月、改元されて応保となった。

清盛は権中納言になったが、そのよく年、応保二年秋には、従三位に昇進する。順風満帆とはこういう事をいうのだろう。妻の時子の妹シゲ子が、後白河院の御子を出産した。憲仁親王と名付けられた。

シゲ子は清盛の妻時子とは十六歳年のはなれた妹。院の御所の女官として出仕していたが、院の目に止まり、女御となられた。皇子誕生となった。これで平家は晴れて皇族と外戚となった。平清盛の一族は、平氏の中でも伊勢平氏といわれる傍流の末裔だ。それだけに、ひと際ほこらしい。

永万元年七月、二条帝は二十三歳でおかくれになった。

元々病弱ではあったが、春先から床にふせられるようになり、自からの死期をさとられたものか、六月、御子の順仁親王に位をゆずられて崩御なされた。

七十九代六条天皇である。新帝は二歳、皇太子はシゲ子の生んだ憲仁親王しかいない事態になった。

八月に権大納言になった清盛は、よく年秋、憲仁親王が皇太子になり、春宮大夫に。春宮とは皇太子の事を司る仕事。六条天皇は三歳、皇太子が六歳。

不自然な立太子礼が行なわれたが、後白河院と清盛の息はぴったり。だれも口をはさむ者はなし。

清盛は今年正二位内大臣へと昇進し、今や朝廷宮廷にはぶりのきく大身になった。保元の乱からまだ十年もたっていない。武士が内大臣にまで出世するとは考えられぬこと。

二条帝が父、後白河院との確執に苦しみながら二十三歳の若さでお亡くなりになったのは、五年前になる。二条天皇は二歳のわが子を皇位につけてお亡くなりになり、その後二歳の嫡子、六条帝が即位したのだが、この幼帝は三年足らずで憲仁親王にゆずらなければならなくなる。

第八十代高倉天皇。五歳の六条天皇が上皇になられ、八歳の皇太子が新たに帝。これはだれが見ても異様にしか見えない話である。

高倉帝は平家の掌中の玉で権力の源。

そうふん戦でしかないことは明らかだ。御年五歳の上皇など前例もないし聞いた事もない。開いた口がふさがらぬ。相国殿の横暴もきわまったことと言う人、いやいや後白河院がきめられた事。いやいや相国殿が。いやいや院が相国殿にたぶらかされて。よるとさわるとこの話ばかり。朝廷人はひそひそとささやき合った。

高倉天皇は清盛の妻、時子の妹シゲ子の生んだお子。清盛には義理の甥。六条天皇は院にとって嫡孫になるが、父君の二条天皇が天皇親政を主張して後白河院とはげしく対立していたため、六条帝を盛り立てようとした者達も院に批判的だった。六条帝は父二条帝が院に相談もなくたてられた天皇。その二条帝は院から政権を取り上げようと、はげしく対立してきたお方だけに。

このため高倉帝即位には、院と清盛の意気は合ったのだ。仁安三年（一一六八）二月、シゲ子は院の女御でしかなかったが、天皇の御生母ということで、皇太后称号が贈られた。五歳の六条天皇が上皇になられ、八歳の皇太子が新たに帝に。だれもがあきれたが、まだこれ以上におどろきあきれたのは、三年後のことだ。

清盛の娘、徳子が入内するうわさだった。徳子の入内の事を知った公卿達は、皆一様に目をむいておどろいた。又々前例のない珍事だと、ただあきれるばかりだった。

成り上り者の思い上ったふるまい。不思議なのはなぜ後白河院がそこまで許容なさるのか。御自分の女御としたシゲ子は、同じ平家の出ではあっても、その出自は武門の出ではない。れっきとした公家の血筋を引いているし、第一、女御としたのも院となられてからのことだ。だが徳子はちがう。父清盛が太政大臣の経歴をもつことなど、伝統や家柄や血筋を最も重んじる公家の社会では通じない。それがわかっている院は、徳子を御自分の養女にし、それから入内さすという力の入れようだった。

承安元年（一一七一）十二月、徳子は院の養女となり、十日後入内し、十日後に十二歳の高倉帝に、十八歳で女御となる。

清盛にすれば、やがて徳子の皇子が帝となるのだ。娘を帝の元へ送り込んだと成功を喜んだが、公家の人々は院の養女となって初めは院の姫君と呼ばれたが、入内後しばらくしてからは、公卿達は平の相国の娘と呼ぶようになった。

清盛も後白河院もすべて思惑は一致し、ますます仲良くなった。院は皇太后をともなって、足しげく福原の清盛の別荘へ御幸なされた。

大規模な埋立工事を行って岸壁を作り、大型船が接岸出来るようにしたものだ。対宋交易の起点にする為だ。

この大輪田泊港によって、宋との交易はますます盛んになり、巨大な利益を生んでいた。まさに平家の全盛期であり、清盛は五十五歳のゆるぎなき自信にみちていた。院政をしく後白河院との関係も万事順調で、互いに利用価値を認めながらうまくやっている。

平治の乱など思い出す事なく浮かれていたが、敗れたほうは決してそのまま忘れたり泣き寝入りはしない。源氏達が少しずつふくらんでいく事に少しも気付かなかった。東国には源氏の流れをくむ者達の他に、武蔵七党とよばれる地侍の集団や、その分派の者など様々な出自の武士達が住み付いている。平家の地方官吏は、この地の武士達から所定の納税分に自分の取り分を上乗せして取るのだ。その取り立てはきびしかった。

このため東国では、平家に対する不平が出自をとわずふき出していた。東国の各地には、平治の乱で敗れた源氏の残党も少なからずいる。この者らは在地の不平武士達と一体となり、平家に弓引く集団とふくれ上った。

いかに公卿百官や地方の地侍達の反発が強まろうとも、院さえ取り込んでいる間は安泰だ。

御年八歳の高倉幼帝の即位は後白河院政の強化に直結し、それこそ院の思惑だったのだが。

二条帝亡き後、幼い六条帝を盛り立てていこうとした天皇方にも、したたかに巻き返す智略と策をめぐらす者が多い。六条帝を引かし、八歳の高倉帝を皇位に付けた清盛の浮かれように、天皇方公卿はうまく清盛によっていった。

後白河院との合議より、高倉帝の御名を出し、諸々の朝令を発するよう、たきつけた。

清盛にすれば院との合議よりも、じかに帝の名を出して行う方が魅力的なことだ。公卿達はうまく清盛をのせた。初めは細々な政令や、人事のたのまれごとぐらいだったが、次第に院に対する遠慮も麻痺して行った。そのつみかさねが二人の間に少しずつおりとなって行ったものか、それでも承安四年頃までは、建春門院シゲ子をともなって、福原の清盛の別荘をおとずれていた。

安元二年（一一七六）、後白河院は五十歳になられた。三月祝賀の儀が行われ、これに清盛も列席して祝辞をのべた。院は睦まじげに清盛に語りかけられ、清盛も自分は院と政局を動かしているのだと自信と自負がうかがえたが、院は清盛への不満がふくれ上っていたのだ。院にすれば、院の武威となるのは武者の奉行というものだ。

院ともども政局を動かそうとは思い上りもはなはだしい。近頃は高倉帝の周囲にまとわり付き、独断の事さえ見受けられる。武者としての分をわきまえよ。清盛は単純率直な所があるが、院には単純な血は流れていない。

情勢をにらみながら策をねり、はかりごとをめぐらし、少しずつ権勢を削ぐか、一気に陥れる。眼前に立つ邪魔者には、今までそうやって来られたのだ。

院と清盛が今まで何とかうまくいっていたのは、建春門院シゲ子の存在が大きかった。清盛の妻、時子の妹で、院とは十五歳年下だった。愛嬌こぼれるばかりに美しく聡明な女性だったという。細やかな気配りなど、院はたいそう愛されておられたそうな。陰に陽に平家の代弁者になり、取りなしていてくれたからこそ、院も仲良くしてこれたのだろう。

ところが安元二年、院が五十歳の時、最愛の人建春門院シゲ子をまだ三十五歳の若さで失ってしまう。それを境に、清盛との仲は急速に悪化しはじめる。

治承二年十一月、高倉帝十八歳、徳子二十四歳。入内して六年目、皇子誕生。平家一門の喜びようは筆舌に現わせぬ。

徳子の生んだ子が帝になるのだ。

十一月に生れた皇子は、言仁親王と名付けられ、よく月十二月には皇太子になられた。これで帝座に付かれるのはきまったもの。夢のような話。

重衡も大喜びした一人だ。自分から進んで春宮亮に付いた。春宮とは皇太子の事を司る職だ。

治承三年、盛子の死だった。この姉は徳子と同じ年二十四歳。この異母姉は九歳の時、五歳の子供のある関白基実に嫁がされた。

徳子は十八歳で十二歳の高倉帝に嫁がされ、二十四歳での初産。盛子は二十四歳で生涯をとじた。重衡は、この異母姉が不憫でならなかった。徳子はフッと重衡にもらしていた事を思い出した。

五郎丸盛子はどうしているでしょう。私は盛子のように父の道具にはなりませぬ。と言っていたが、盛子は九歳で嫁がされ、徳子は十八歳まで姉弟達とくらす事が出来たのだ。

摂関家領とは、遠い昔から権力の中枢に位置してきた藤原氏の氏の長者が世襲してきた。大和、備前、越前、河内などにある広大な荘園をいう。摂関家の権力を支える基盤と言うべきもので、清盛が九歳の娘盛子を関白基実に嫁がせたのも、経済基盤に引かされたものに外ならない。将来盛子が生む子は基実の後を継ぎ、氏の長者となりその家領を有する者で、自分は外祖父として経営に関われると目論んだのだ。盛子が嫁いで二年後に、基実は亡くなった。盛子は十一歳だった。満で十歳。

まだ子供と言える十一歳なら、実家に引き取り、良い縁を見付けてやるのが親心と思うが、清盛はそうしなかった。そのまま盛子を藤原家に止どめ、摂関家家領の管理者として盛子をおき、自分はその後見人となったのだ。本来ならこの家領は氏の長者の地位を継いだ弟基房に継がすべきである。だが清盛は基房にわたさなかった。盛子の夫、基実の子、当時七歳で盛子は十一歳で、七歳の子の義母になったのだ。その基通も二十歳になった。基実の亡き後、関白の地位を継いだ基房に、家領をわたさぬ清盛に、盛子が亡くなった今、摂関家家領を後白河院が没収して院領とする、と院宣が発せられた。これ又前代未聞のこと。院のお考えはどういうことか。清盛を挑発するためとしか考えられぬと公卿達は思ったことだ。

このような盛子亡き後のいざこざが片付かぬ。

四十九日もすまぬ内に、重盛の死を知らされた。

重盛が、重盛がか。重盛の死を知らされた清盛は、あたりはばからず大声で泣きくずれたという。

後々までの平家一門の繁栄を託すに足る逸材と、だれもが認める自慢の後継者だったのだ。まだ四十二歳の若さだった。

重盛の喪も明けぬ内、又後白河院は重盛の知行国越前国を没収するとの院宣だった。院は敵意をむき出しにされたと受け止めた。

故基実の弟関白基房には、八歳の嫡男、師家がいた。院はこの八歳の師家を権中納言に任じた。この師家には、従兄弟同士になる故、基実の子、盛子の養子、基通は二十歳、摂関家の嫡流を継ぐべき身だが、昇進を見送られた。この昇進人事は公卿百官だれに言わせても順序が逆だと。清盛様は爆発するぞ。

なめたらイケンぜ。

清盛は腹にすえかねて、皇后と皇太子をともなって九州西国に都を作る。皇后は自分の娘、皇太子は自分の孫。引き取るのに文句があるか。院の御所へ重衡を三千の兵を付けて話し合いに行かせた。

蔵人頭から参議になったばかりの藤原徳頼が、応対に出た。蔵人頭、常に天皇につき朝政の事も司る重職。藤原徳頼、このお方は当世の名士と称され正義感の強いお方。

相国殿のおいかりは後白河院にむけられたもの。

この内裏に参られ中宮（皇后）、春の宮（皇太子）をおつれするとはすじがちがいます。マロの察するところ、院のこたびのなされようは、おそらく近従の者の悪しき入れ知恵に惑されての事と思います。相国殿のおいかりは、その近従の者に向けられていると思います。それならば、その悪しき近従の者どもの解官の令を発しますので、どうか中宮、春の宮をおつれ帰りする事は思い止まり下さいと帝がお願いなされたらどうします。朝廷にとって主上のお悲しみを考えますと、中宮、春宮をつれさられる事は受け入れられませぬ。しかし相国殿が皇后は娘、皇太子は我孫といわれれば、それを阻止する手だても御座居ません。西国へ参られる御決意を何とか撤回していただくようお願い申すしかないのです。どうかマロの提案を相国殿におとりつぎいただきたく。藤原徳頼は中宮、春宮の身柄を要求した。清盛に対し和議を申し込んだ。

この頃の院の仕打ちはたしかに平家にとっては冷淡な仕打ちではあったが、不法な事ではない。いかに清盛でも正面から異議を唱えたり撤回を求めたり出来ないもの。摂関家領と言えども荘園は私有地だ。これを国家が没収する事は合法である。重盛の越前知行も国家の認定を得ていたもので、重盛が亡くなれば国家へ返すのが筋である。だからと言って院のなされ方を正面切って非難する事は出来ない。起死回生としての策として打ち出したのが中宮、春宮をおつれして、西国へ下向とおどしたのではないだろうか。

それを見ぬいての徳頼の眼力。中将殿これにおとどまりいただき、早速朝議にかかります。

徳頼は座を立った。

十一月十六日、前代未聞の大勢の解官処分は又世間をおどろかせた。先日まで供ぞろえで都大路を牛車にゆられていた上級公家達がアレヨアレヨと言う間に西へ東へと引き立てられていった。官をとかれた人々の後には、清盛の息のかかった者達が任命された。

盛子の四歳年下の養子、基通は、三段飛びに昇進し、関白内大臣に。摂関家氏の長者にもどしてもらった。

近臣のすべてを引きはなされた後白河院の元、十一月二十日、ものものしい軍勢が院の御所へむかった。院と対面した宗盛はいざ幸行のお仕度をなされと言うばかりで、どこへともつげず院を輿にうながし、着いた所は洛南の鳥羽殿だった。昔白河院が造営されたこの離宮は、今はほとんどつかわれる事なく荒れ放題になっている。その荒れはてた離宮へ押し込められた院のまわりには、身のまわりの食事のお世話をする者数人が付けられた。鳥羽殿のまわりは平家の武士団にかこまれ、厳重に監視の目が光っている。出入りは厳禁。止政事はおろか世間のすべてから隔離された。

高倉帝は亡き母君と後白河院の仲むつまじかった事もあり、院とも親密な情愛を保たれておられた。それだけに、父君の幽閉には心を傷められていた御様子。何事も清盛の機嫌をそこなわないようにと、近侍の者にまでおおせになるほど気をつかっておられた由。高倉帝はまだ二十歳。聡明で譲位する理由は何一つ無かったが、（一一八〇年）譲位を明らにされた。言仁親王の帝位をまちのぞんでいる清盛の心を見ぬかれ、この聡明な帝は自分が皇位をひかれ、生れて一年三月の言仁親王を皇位に付かせば、自分の娘徳子が皇太后となり、清盛の夢はかなうはず。何とか父君と舅の確執の間に立って双方を立てながら丸くおさめたいと願っておられた。徳子が入内して丸九年目。清盛の夢はかなえられた。平家一門の喜びは爆発した。

新院になられるとまず最初に国家安全を祈願のため、社寺参詣にむかわれるのが恒例とある。

その参詣先は石清水八幡宮か日吉社、あるいは春日大社とこれまでの例だったが、帝は平家の氏神社、安芸の厳島神社に詣でると明かされた。清盛の喜び様、早速、高倉院のお休み所、千畳敷の御殿と大さわぎ。日本中の宮大工を集め、三日三晩で千畳敷の御殿をと命じる。

三日目、どうだ出来るかと声をかけると、大工の棟梁は、相国様、残念なことに今しばらく日の入りがおそければ出来上りますが、時がありませぬ。もう一とき日がほしいです。棟梁の話に、ウームもう一時とな。

清盛は今まさに水平線のかなたに沈まんとする夕日をはたとにらみ、捩鉢巻をしたかと思うと、日の丸センスをパッとひろげ、今まさに沈まんとするお日様をあおぎ上げると、不思議にクルクルと日は三回転して空へ舞い上ったそうな。ウワーお日様が舞いもどった。大工達はおどろき、今の内にと御殿を仕上げる事が出来た。口さがない京スズメは、清盛様は天皇様どころかお天道様さえ思い通りに動かせるとさわいだそうな。

園城寺の大しゅうが、院と帝をうばおうとしているとのうわさが流れてくる。三山運合して蜂起するとのくわだてらしい。

言仁親王に位をゆずられ、安徳天皇八十一代。

高倉院は、平家の氏神社へ国家安泰の恒例の参詣先をかえられて、自分達の面子をつぶされたと言う事らしい。とにかく不穏な空気がただよってきた。高倉院の行幸は、日延となった。三月二十九日夜中に、平氏の武士団に守られ、院は都を立ち、福原から清盛の手配で宋の大型船に御座し、厳島へと行幸された。

御座船には宋からもたらされたショウジョウ（狒々）の血で染めた直紅の地に、金糸でぬい取られた十六片の菊の紋章がかかげられていた。天気にもめぐまれ、無事行幸を終えられた四月十日には帰られたが、この二十日ほどの間に、平家打倒の令旨が発せられていた。

以仁王と源氏方の行家と頼政だ。

以仁王は後白河院の御子であるが、高倉院の十歳年上の異母兄だが、生母の家格が低かったため、親王にはなれなかった。以仁王が生れた後に、後白河院は高倉院の生母建春門院シゲ子をこよなく愛された。

親王にならなければ皇位継承者にはなれない。

後白河の子でありながら、親王でない身を強く不満に思っていただろう。源氏に取り入り、平家ほろびた後は自分が帝を継ぎ、即位の後必ず己にしたがって勲章を賜うべきものなり、という以仁王の一文がある。

安徳帝は清盛の立てた帝だから、その帝座をうばおうと源氏の頼政や行家にあおられたのだ。東海、東山、北陸、三道諸国の源氏ならびに群兵等にあてた令旨を持って、行家は以仁王の家を出た。四月二十七日には、行家は早くも伊豆の頼朝にも、義仲にも、以仁王の令旨をとどけている。が、五月に入って平家にばれる。

以仁王は五月十五日、女物の着物を頭からかぶき、夜中に園城寺へにげた。叡山へ清盛は明雲座主に美濃布三千匹、近江米一万石を送り、切りくずしに出た。

叡山明雲座主を抱え込み、園城寺円恵法親王まで抱え込んでしまった。清盛の切りくずしに気付き、園城寺もあぶないと、以仁王、頼政は園城寺を後にして奈良へ逃げることにし、平等院で以仁王をやすませ、諸国源氏の蜂起をまつのが上策と、奈良への途中、平家軍に追い付かれ、二人とも命をおとした。以仁王の企てはきえさった。

戦仕度をして以仁王をかくまった反抗の態度は許さぬ。清盛のいかりに平家武者は園城寺へと出兵した。手むかう僧兵は徹底して征伐し、その上、堂塔伽藍に火を付け、壮大な寺院は丸二日もえつづけた。由緒有る天台別院の園城寺をやいた平家は、仏敵になった。

それから三日後、帝と後白河院と高倉院お三方を福原に遷し申す。

それぞれ支度を急がれよと手配いたせ。

相国のツルの一声に、さすがの一門には衝撃がはしった。お三方ともに行幸ですか。

そうではない。遷し申せというのだ。

行幸とは院の旅行だが、遷幸とは御所を移すことだ。皇居のある所は首都である。清盛の言っている事は遷都ということ。

これは南都攻めであろう。まず帝や院を福原に遷してから、園城寺の次は一気に南都の僧徒を討伐するつもりにちがいない。以仁王の残党が勢を増しておるとも聞いた。帝や院をうばわれまいとして、福原へおつれ申すのであろう。

とにかくえらいこっちゃ、えらいこっちゃ。

摂津平野を貫く街道には、連日延々と人や馬、牛車の列が続き、公家百官から職の者まで福原へ福原へ。だが福原に着いても移ってきた人々を収容する居宅などなかった。幼い帝と御母建礼門院徳子は頼盛の別邸。高倉院は清盛の別邸に。後白河院は教盛の別邸と、応急の御所とした。この夏、治承四年（一一八〇）ひどい日照のつづいた年だった。そんなさなか伊豆で目代屋敷がおそわれたとのこと。おそったのが源氏頼朝だと言う。頼朝かア。知らせを聞いて清盛は、しばらく目をとじていた。フム、あいつはあの時いくつじゃったかのう。傍の時忠に聞く。

伊豆へ配流致しました時、十四歳のはずでした。

時忠の返事に、そうか、あれから二十年か。すればあやつは三十四か。つぶやいた声はどこかうらやましそうなひびきがあったよう。四十一歳でみまかった重盛の事が思い出されたものか。平治の乱の後、とらわれの身となったあの少年頼朝を、清盛は斬とした。それをいさめたのは、義母の池禅尼であった。あれから二十年、池禅尼も今は亡く、清盛も六十三歳。年を取った。

伊豆は時忠の知行国。謀反の輩は徹底して追討せよ。決して討ちもらすな。国守は一門の時カネ。

直接支配に当たる目代（戦国時代のショウヤ）には、山本兼隆が任じられていた。八月十七日、その屋敷がおそわれて、目代山本は殺されたと言う。

目代屋敷がおそわれ、伊豆の目代が殺されたことより、流人頼朝の監視役の北条一族もともにたったという事の方が衝撃だった。

以仁王の令旨など、頼朝の元へとどいたことはすでに知っていた。源行家を平家は懸命に追っていたのだが、以仁王も頼政もほろびた今、そんな令旨がくその役にも立つかいと思っていた。北条一族もそうだ。

大番役で上洛したさいは、清盛はじめ一門に追従笑いをしていた者が、頼朝に付いて平家打倒とか腹立たしいかぎりよ。伊豆の平家勢を引いて掃討に出向いた大庭景親が、石橋山に一味を追い詰め粉砕したと報告があった。頼朝と申せば源氏の嫡男であろうが、頼朝の首級を挙げる事が肝心の事よ。追討の手をゆるめず、頼朝の首級をと、清盛はやっ気になったが、大番役を放って帰郷した三浦義澄は、やはり頼朝の挙兵におうじたものらしかった。頼朝はどこへ雲かくれしたものやら。

三浦義澄は水軍の長だ。海を渡って逃げたとなると、追討もむずかしい。取りあえず、頼朝にねがえった水軍の長、三浦を討たねばと、平家方の畠山河越などの一族が攻めた。三浦一党は居城を捨てて敗走した。三浦義澄は八十九歳の父親、義明を城に置き去りにして逃げたと。

九月に入ってきな臭いうわさや通報が飛び込んでくるようになる。田辺の別当湛増に謀叛の動きがあるとか、平家とは長い付合いがあり、先頃も源行家が以仁王の令旨を持って東国へ下ったと知らせてきたばかりだ。筑紫でも目代屋敷がおそわれたと知らせが入る。甲斐源氏の武田信義、木曽の山中では亡き義朝の甥の義仲が以仁王の令旨をいただいての蜂起らしい。石橋山の合戦で敗れた頼朝は安房に渡り、下総、上総、武蔵と進軍中で、すでに二万を超える運兵を集めている。平家方だった畠山、河越、葛西までも源氏方に付いたと。

平家一門にとっては大津波の襲来に似た出来事だ。あちらこちらで平家の目代屋敷が襲われたと言う。九州でも義朝の甥の義仲が、平氏打倒と狼煙を上げたという。まァ良いわ、二万でも三万でも兵を集めてみよ。反逆のやつらには追討の軍を出そう。直ちに追討の院宣を賜ろう。高倉院から追討の院宣が下されたのは、九月二十一日。平家の追討軍は官軍となり、東国へ下る途中の各地で、軍兵や兵米を調達出来るのだ。一万の兵をととのえた平家軍は、東国へ下るまでに倍の二万になるはず。

頼朝軍にひけを取るものではない。今まで一度も戦に負けた事はないではないか。知盛が、こたびの戦は総大将にはそれがしをと願ったが、清盛は重盛の亡き後は、お前には福原を守ってもらわねば。東国勢など一あばれしてけちらせば事がすむ。東国の事よりも、叡山や南都の坊主どもの方が不気味さを増している。都返りを望む公卿達の画策に乗ってどうやら還都要求を突き付けてくるかまえでいるらしい。

九月二十二日、先頭の維盛は赤地綿の直垂《シタダレ》に萌黄匂の大鎧を身に付け、黄金作りの太刀をたずさえ、色白の美男二十四歳は、その容貌から桜梅の少将と呼ばれる。絵に画いたような公達。忠度は紺直垂に黒糸絨鎧姿で、黒かげのたくましい馬に乗っていた。

軍団を見送っただれもが、こたびは院宣をかかげた官軍だ。東国で一あばれして凱旋すると思っていた。

一門に謀叛のことを決意して立ち上った者どもは、死に物狂いでいどんでくる。負ければ一族郎党すべて終りだ。その覚悟で追討軍をなやますはず。

新内裏がようやく完成した時だった。追討軍が大敗北をしたと飛び込んで来たのは。

洛中に続々と武者どもが駆けもどってくるとの、悲通な知らせであった。十月二十日、富士川をはさんで頼朝軍と対峙した追討軍は、夜中に頼朝軍に夜襲を受けて陣立がくずれ、戦うことも出来ず敗走したという。清盛のいかり様は、敗れて逃げ帰るとは何ごとぞ、いやしくも追討の院宣をいただいて兵を進め、たわ君に命をささげたのだ。敗れて逃げ帰るとは何ごとぞ。維盛、忠度を京へ入れる事ならぬと息まいた。宗盛、知盛の懸命な取りなしで流罪にはならなかったが、対面は許されなかった。

何という事だ。何という。あれだけ威風堂々と出陣していった大軍勢が、一矢も放たずただ一度の夜襲で総くずれになったとは。イヤイヤ夜襲ではなかったそうな。夜中にたくさんの白サギが一せいに飛び立ち、その羽音に仰天して逃げ出したと聞いたわい。泣く泣く清盛にしたがって福原まで来た公卿達だけが、にわかに生気を取りもどし喜んだと言う。これは平家にもかげりが見えてきたのではと喜んだ。

この時から人々は、だまされた事をサギにあったと言うようになったのだ。

このような無様な負け戦をやらかした足元につけこんで、今まで何とか協調関係を保ってきていた叡山が、ついに帝や院を京におもどしするよう、要求を付きつけてきた。これが聞き入れられなければ武力蜂起して、山城、近江を占拠するとまで強い態度を示してきた。先にやぶれた園城寺の残党も南都の大衆も同調するかまえで、三山連合はかってないきずなが固まっているらしい。戦となれば福原は地理的にあぶない。宋との交易に最適と開拓した地。清盛も考えねばならぬ。だがようやく出来上った新内裏の落成に伴う儀式の日程もすでにきまっている。十一月十日、帝が新内裏にお移りになり、十七日には大嘗《ダイジョウ》祭《サイ》、二十日には豊明節会が行われる事になっている。大嘗祭とは天皇が即位した年に初めて行う新なめの義式で、この二月に即位した安徳天皇には生涯に一度の事なのだ。

平家一門のすべての者がまちこがれていた儀式。

叡山からは返答いかにと再三のさいそくで、宗盛、時忠は必死の面もちで清盛の説得に当たっている。まさかと思っていたが、清盛はついに折れた。

十一月十二日、大嘗祭も豊明節会も、予定通り行う。それを無事にすませたら、帝も院も京に参らせる。叡山にもその旨つたえた。

凶作にあえぐ各地から、無理をして集めた山海の珍味や酒が並んだけれど、座は盛り上らなかった。

後三日で公私ともども引越支度をしなければ。

東国に反乱勢がふくれ上り、追討軍が大負けした最悪の時である。ここで三山の僧徒と決定的に対立すれば事態はますます悪化するばかりだろう。

そう考えると、清盛のはらわたはにえくりかえる思いだったろう。悪僧共に何の権能がある。仏法を学び、庶民の苦悩を救うために献身する事こそが、僧のつとめではないのか。僧衣の下に鎧をまとい、ナギナタや長刀などを武具を手に、ごうまんな要求をくり返すなど何事ぞ。無念だ。だが時を待て。今は風向きが悪い。

船が前に進まぬ。このような時は、じっと風の変るのを待つしかない。

案じるでない、重衡よ。わしの目の黒い内は頼朝にも、坊主どもにも、そう勝手なことをさすものではないわ。おう、もう一人不満そうな顔が、参ったのう。知盛の顔を見て、清盛は珍らしく明るい声を出した。

父上、今度の戦には、それがしを大将にぜひおつかい下さいますよう、お願いに上ったのです。

アア、その事か。わかっておる。京にもどったら、心して戦の支度をしていてくれ。重衡、そこもともだぞ。清盛はたのもし気に二人の息子を見やった。福原の最後を見とどけて、平家一門が西八条の屋敷へ戻ったのは、二十七日のことだった。

叡山の僧徒が近江の源氏と手をくみ、ぼうはんの姿勢を明らかにした、との知らせが入った。近江で十日前、源氏の兵が北陸道の平家の年貢米を横領した、との知らせが入ってきた。近江ばかりでは無い。美濃、尾張もやられた。富士川の敗戦の後、この時とばかりに反抗の態度を見せ始めた。帝や院の都返りの要求に妥協した直後だけに、清盛のいきどおりは大きかった。

若狭でも近江源氏に呼応して兵を上げた。近江軍は数千騎にふくれ上り、京を目指して進んでくるとつむじ風のように京へ駆けめぐってくる。近江の追討軍は、まってましたとばかりに知盛が総大将三千騎を引いて京を立ったのは十二月二日。此たびの追討は万に一つも敗れるような事あってはゆるされぬ事。近江源氏を討伐すれば、一門の成勢は必ず取り戻せる。心してかかれ。出陣にさいして知盛は、全軍にゲキを飛ばした。

さらに別働隊として、亡き重盛の二男、資盛の率いる一千騎が南都を牽制しながら伊賀方面から近江と進んだ。富士川のぶざまな敗戦の様子を知っている源氏方は、平家武者をあなどっていた事も一因したのであろう。大江軍は五千の大軍だったが、半数の知盛軍におしまくられ、敗走を重ねていった。伊賀から回ってきた資盛勢が近江に入り、この追撃戦にくわわった。富士川の合戦で惨敗した兄、桜梅の将といわれた維盛の汚名を雪ごうと、資盛も必死だった。

平家強しと見ると、近江の地侍達は変り身は早かった。続々と降伏を申し出る者が相次ぎ、知盛の軍勢は倍近くにふくれ上った。このいきおいで知盛軍は、美濃から尾張へと一気に反乱勢の追討を目指した。近江は昔から数え切れないほどの合戦の地だ。常に強い方に味方して、生き残りのすべを身に付けているのだろう。数千の兵がふえれば兵米も当然足らなくなる。変り身の早い近江勢の中、ふたたび寝返る者も出るだろう、と考えた知盛は、兵米を送ってほしいと清盛に救援をもとめた。

この時の知盛の救援要請に応じるため、清盛は追討の為の兵米と兵士の供出を全国に命じている。今までの平家なら、宋との貿易で巨万の富にうるおっていたはずだったが、劣勢回復を目ざして手をうった。一年前、後白河院を幽閉し、政権を取り上げていたのを、平家への反発が強まることをつげ、安徳帝をおして独裁政治を進めるのは無理と、率直に院にうったえた。讃岐、美濃の二国を院の知行国におかえしする事を条件に、再び政権を取っていただきたいと願った。政権を取りもどす事は院にはいやおうはない。一年ぶりに幽閉の身をとかれ、自由の身になったのだ。二つ目は南都対策だ。

叡山や園城寺の僧徒らは、すでに反逆の態度をあらわにし、近江の知盛等と小ぜり合いをしているはずだ。南都とは、東大寺と興福寺の一大勢力が牛耳っている大衆だ。興福寺は藤原摂関家の氏寺。この興福寺の座主を抱き込み、叡山と園城寺のきずなを切り、中立に立ってほしいと考えた。東国のはん乱軍がふくれ上ってきた情勢を知った僧徒達は、平家打倒の好機到来とばかりに勢い付いてくるだろう。

園城寺どもが東大寺を抱き込み、南都の勢力までこれに同調すれば一大事である。味方にとまでは願わねど、せめて中立にいてくれればとの考えで、東大寺には主すじに当たる摂関家の協力を得なければなるまい。主すじの者をつかわせば協議に応じてくれるだろうと清盛は思った。ところがこの企ては、なぜか僧兵達に筒抜けになっていた。石近の別当忠成を奈良へ送り、奈良についた忠成は、寺へ入る前に大勢の僧兵に囲まれて、摂関家のお使者だと、まことは悪入道清盛の意をくんで参ったのであろう。追い返せ。座主に面会も出来ず、門前で僧徒達に乗物から引きずりおろされ、元ドリを切って追い返された。二度目も同じだった。三度青くなって断る摂関家の使者に、二百騎の護衛を付けて送り出した。けっして僧徒等の挑発にのるな。弓を引くでないぞ。刀を抜くでないぞ。あくまでもお使者をおしつつんで、寺の中へお入れするよう守れ、と命じて送り出した。そのような生ぬるい事が通用するふんいきではなかった。おう、ついに悪入道の手の者が押し寄せた。本性を現したか。

僧兵達は打物を手におそいかかった。護衛の武士は身を守ろうとすれば刀を抜かねばならず、太刀は抜くなと、挑発にけっしてのるなと言われてきただけに、使者を囲んで命からがら又逃げ帰った。奈良からかけもどった密偵の者は、無念ながら捕えられた者は首をはねられ、猿沢の池のほとりにずらりと架けられ、並べられています。二百騎の中、六十人もが架け渡した平家武者の首の下で僧兵らは（キツキヨウ）をはじめたと。

木製のまりを、長い柄の付いたツチでうちまわす遊びだ。その木製のマリには、明らかに清盛の似顔が画かれて、ソウレ打て（叩け叩け）、ソレ、ケレやケレやと僧兵達は大声ではしゃぎながら、そのマリを打ち、足げにして遊んでいるとか。

マリにわしの以顔絵とな。そう言って奥へ入っていったまま出て来なかった。よく朝、まだ暗い内に縁先に出た清盛は、頭《トウ》の中将を呼べと、大声で重衡を呼んだ。

前日からの報告を知っていただけに、重衡は期する所があった。清盛が呼んでいると聞いただけで、鎧兜に身を固めて現われた。

おう、さすがに早かったのー。ほとんどねむらず夜をすごしたものか、憔悴しきった様子だったが、重衡の鎧兜のすがたを見て眼を和ませた。

父上、覚悟は出来ております。南都攻め、ぜひ中将にお命じ下さい。

ふつうの出陣とはまるでちがうのだ。仏都を攻めるとなれば仏敵となる。そのそしりを免れることは出来ない。信仰というものが大きな比重を占めていたこの時代、並大ていの覚悟で出来るものではなかった。すべての責任はわしが負う。そこもとに決して汚名はきせぬ。父の声は迷いを吹っ切れたおだやかなひびきだった。

父君は、悪鬼と呼ばれても一門を救うと申されました。某も同じ覚悟で御座居ます。たとえ阿修羅となろうとも、わが一門に仇する者、きっと討ち果たしてごらんにいれます。すでに心にきめていた。

重衡、ともに阿修羅になろうぞ。南都の坊主どもは、もはや仏に仕える僧ではないわ。人を呪い天を欺き、今世に害をまきちらす天魔外道。この者等を討ったとて、何のとがめがあろうぞ。ためらう事なく打ち果たして参れ。ただし良民や女子供、学僧、鎧を付けぬ、善僧には手を出すなよ。越前守（通盛）と四千をひきいて討伐に向かえ。

近江の追討軍、知盛に大兵を送っているのに、今の平家には五千の兵も残っていないはず。そのほとんどを引いて行けと、父は言っているのだ。

自分達の守りはどうするのか。その不安が頭をかすめたが、南都攻めはそれだけの覚悟でなしとげるつもりなのだと、父親の胸の内が理解できた。手持ちの全兵力に等しい四千騎を引いて、重衡が通盛と京を立ったのは十二月二十九日。治承四年師走、待ちかまえていた僧兵は、平家軍の倍八千。戦は朝から夕方までつづいた。ようやく攻め落とした時は、あたりが暗くなった頃。町人、女子供は手をかけるな。善僧、学僧も殺めてはならぬ。

重衡はくり返してそう下知し、それを部将達が声を枯らして触れて回る。闇がこくなってくると、武者達は眼をこらして僧兵かどうかたしかめて、それから弓や刀をむける戦を強いられる中、夜がふけるにつれて暗くて見えぬ、火をかけよ。部将の一人がどなった。そうだ、火を。

たちまちあたりが明るくなった。これなら町人か僧徒か良く見えるわ。武士達は張り切った。戦となればやはり僧徒は武者にはかなわない。日頃から武芸の鍛錬を積んでいる武者にとって、三人や五人の僧を相手に戦うことなど何ほども無い。伽藍に火がかかったぞ、さけぶ声に見れば寺の巨大な本堂の軒先から火がふき出して、大仏殿にも冷たい風がおどろくほど強くふいている。火が風を呼んだように東大寺の境内にも大仏殿にも。

治承五年（一一八一）であった。

南都を攻めた。これからは一門を守るための戦いに明けくれになるだろう。負けてはおれぬ。阿修羅になって一門を守り抜くぞ。兄者、わしはそう決心した。

東国からはじまって、近江、美濃、尾張と叛乱が広がり、今近江かどこかで正月を迎えているであろう知盛にむかって、重衡は呼びかけた。

治承四年、昨年の今頃は安徳帝の即位の事がきまり大きな喜びにわいていたものだが、今年は正月どころではない。高倉院が重体となられていた。

福原還都から高倉院の心痛は一かたならぬものがあった。実父の後白河院と、舅の清盛のはざまにあって、何とか確執を無くしたいものと心を砕いてこられたものの、事態は悪くなるばかり。

そこへもって来て都返りという大混乱。高倉院の神経はボロボロにいため付けられ、頑健なお方ではなかっただけに体調をくずされ、病の床に伏してしまわれた。今年のきびしい寒さも病状の悪化に拍車をかけたものか、皇族の氏寺東大寺に火が付いた頃には、本復もむずかしいと言われる所まで来ていた。正月十四日、院は息を引き取られた。御年二十一歳。清盛にすれば又味方を失った。しかし清盛は娘ムコの死を悲しんでいるひまはなかった。年明け早々から九州肥後の菊地隆直が叛いた。伊予、阿波でも叛乱勢が蜂起したという。

全国的な凶作の中でも、丹波は比較的収穫に恵まれていたため、清盛は重臣の一人平盛俊を諸荘園総下司という職に任じ、軍政をしいてきびしく兵米の調達に当たらせた。他の諸国も、兵米をかき集める事が至上命令とされた。凶作の年に。このため荘園主や民衆の強い反感を買い、ますます人心が平家からはなれ、後白河院が院政再開とは言いながら、日本全土はまさに無政府状態になっていた。

全国的に凶作飢饉という事態が、平家には幸いしたかもしれない。平家に叛乱の火の手を上げたものの、どこでも兵米の確保が出来なかった。

東国でも、このため頼朝も、一気に京をめざすことをさけて鎌倉に腰をすえ、新しい武府の建設に力を入れていたのだ。平家も一息ついてはいられない。木曽で義仲が旗上げし、美濃でも勢いをましているという。又、尾張に叛乱軍がふくれ上り、美濃から近江へと京へと攻めてくるという。

その大将があの行家。以仁王、頼政をあおり立て、去年から逃げ回っている行家ゆるすまじ。

尾張の叛徒は、二月に入るとあなどりかたい勢いとなってきた。近江で戦っている知盛に追討が命じられたが、その知盛が過労から陣中で倒れ、京にもどってきた。平家一門に武将は数多くとも、左兵衛督（知盛）殿の代りとなると頭中将（重衡）殿しかおらぬ。大戦には御大将の器量の有る人でなければ。頭中将殿は平家最後の御大将ぞ。

兵達はそうささやき合った。南都攻めの後はだれもが仏敵、おそれを知らぬ人と非難の眼をむけたが、重衡の剛勇聡明な人となりに接してきた武兵達は、その後の毅然とした態度を見て、あえて叛徒を討つことに専心した意中を察したのだろう。今では最後の御大将と思うようになった。四千の軍で重衡の副将には叔父忠度や、甥の維盛、通盛、弟の知度等が配下についた。行家は尾張まで来ると、この地に盛り上った平家打倒の気運にのって数千の軍勢を配下にする事が出来た。行家は気を好くした。まず美濃から近江にかけて頼朝の上洛のさいの道ならしが出来ると思って、墨股川の対岸に腰をすえた。

対岸には平家の赤旗がひらめいている。雪の多い冬だった。墨股川は水の多い大河と化している。うかつに渡河出来ず、両軍にらみ合ったまま河原に陣をしいてまもなく、重衡の元に飛び込んできたのは、清盛の訃報だった。父君が亡くなられたとか。出陣の挨拶の時かわりなかった父が。にわかには信じられなかった。

六十四歳の生涯だった。陣中では対岸の行家等に気付かれぬよう、ひそかに通夜が行われた。

法事法要はいっさい不要と遺言されたと、いかにも父君らしい。安徳帝の豊明節会から百日あまりのことだった。大納言（宗盛）殿から何ぞ参りましたか。維盛がつぶやく。三男宗盛が平家一門の統領となったと知らせはあったが、宗盛からは重衡の追討軍には何もなかった。対岸の敵は数千をこす大軍。ここで引けば相手は追撃してくるにきまっている。そうなれば、やぶるもむずかしい。

行家の出方を見きわめねば。いかにも清盛殿が亡くなられた事で動揺すれば、敵につけいられる事になる。

道盛も同意し、ここでふみとどまる事にした。喪にふくさなくてもよろしいのですか。副将の中にはうかがう者も出たが、重衡はキッパリ言い切った。陣中で喪にふくする事は不要。叛徒を討ち、戦に勝つ事こそが亡き父への何よりの供養なのだ。

行家軍は本隊ではない。烏合の衆の兵だ。兵の数がふえれば食料に困り、はなれて行く者が出るはず。それをまてば良いはず。心から平家と戦おうと思う者は少ないはず。

動乱の時流にのって立ち上ってみたものの、形勢の利無しと見れば、たちまちねがえる日和見武者のほうが圧倒的に多いと重衡に見ている。入道相国が亡くなったそうな。三月になってようやく清盛の死を知った行家は、この好機をにがしてはならぬ、軍議の席で張り切ったのだ。

行家の軍に、義円と名のる亡き義朝の子の姿があった。義円は義経の兄、乙若丸である。

幼くして母トキワの手からはなされ、京の寺にあずけられた乙若丸は、出家して義円と名のり、八条の宮の坊官となっていた所を、行家に利用されたのだ。頼朝の実弟となれば大将として立てられると。

だが重衡の作戦に赤子の手をひねられるような無様な負けかただった。墨股川のこの合戦で、義円は討死し、行家は又もにげたものの息子二人を亡くした。行家軍の死者は六百九十人とある。平家軍は一人の死者も出なかったと言われている。行家ににげられた事は残念だったが、後を追わずここでふみとどまって京へ凱旋した。一人の兵も失いたくないとの思いで、三月二十二日には清盛の法要を行う事が出来た。父の四十九日の法要には、皇太后となられた徳子も出席した。この一月には高倉院、二月末には父の死。まことおいたわしい。

こたびは大義でしたね。亡き父もさぞお喜びでしょう。徳子はさみしそうな笑みをたたえて重衡をねぎらった。

いや、父君のお命をちぢめ参らせたのは某ではないかと。皇族の氏寺東大寺を。

重衡が声をつまらせると、徳子は南都の事は申されるな。決してそなただけの咎ではありませぬ。人はみな天意に従って生きているのですね。鎌倉の東国勢は侮れぬのでしょう。

内裏のお深くにも、話が伝わっているのだろう。

おおせの通り東国勢は侮れぬと思います。これは言ってから重衡は口をつぐんだ。姉ではあるが、この方は皇太后。自分には雲の上のお方のはず。宮中にあっても遠くからお顔を拝するだけで、お言葉をおかけする事も出来ぬお方のはず。

だが徳子は真剣な眼で続きをまっている。

その眼にうながされて、これは自分一人の考えです。一門の安泰を図るためには、この先東軍勢とは争わぬ方が良いかと思っております。

争わぬと、そのようなことが。

頼朝は以仁王の発した、平家を打倒せよという令旨をかかげて兵を挙げたと聞きましたが。

そうです、むずかしいと思います。

ですが、重衡は又も言葉をおいた。遠慮の気配を感じたのか、徳子は（カマイマセヌ）お続けなさいとうながす。頼朝は、賊軍の立場で上洛することを恐れているのだと思います。平家一門が東国軍と戦う時は、追討の宣旨を得、官軍として出陣して参ります。平家が官軍なれば、すなわち東軍は賊軍。頼朝は賊軍の汚名をかむりたくないのでしょう。

なるほど、平家が帝をおしているからには東国軍はうっかり攻めて参らぬと、そういう事ですね。

安徳帝の御母と立場にあるだけに、実姉とはいえあからさまな話は、はばかられたが、東国軍には元々平氏だった者達が多く加っております。これまでのわが一門のやり方に強い反感を覚えたからでしょう。それも無理ない事かと思います。この先一門も正すべきは正し、償うべきは償って行く。そうすれば東国の平氏も、以前のように絆を取りもどしてくれるはずです。官位の事、知行国の事、いささか専横がすぎた感があります。それを改めるには良い機会かと思います。そうする事が、きっと一門にはこの先安泰と繁栄をもたらしてくれると思います。

知行国の事を見ても、私から見ればヒドすぎます。

但馬、国主経盛＝国守経正

土佐、国主教盛＝国守仲盛

熊登、国主知盛＝国守教経

佐度、国主頼盛＝国守教経

阿波、国主宗盛＝国守宗親

備前、国主重衡＝国守時基
周防、国主維盛　国守教経
伊豆＝国主時忠＝国守時兼
伯耆＝国主維盛　国守時家
九ヶ国の知行国がふえている。
朝廷の任命する国守に薩摩守忠度、越中守業家、上総守宗実。これらを合わせると実に六十六ヶ国にわけられた日本国全土の、十六ヶ国は完全に平家の領土となっていた。全国土の四割以上の支配権をにぎっている。
重衡殿。徳子はまじまじと弟の顔を見つめ、口をつぐんだ。重衡の腋の下に冷汗がしたたった。深い息を一つしてから徳子はしずかに言った。そのような話、大納言殿（宗盛）が承知されますかね。
いや無理でしょう。けれど源氏と平氏両立は院もお望みになられます。和議の動きがあれば、必ず調停に乗り出して下さると思っております。
そうですか。徳子は深い息とともにうなずいた。
姉上、御心配下さるな。勝ちぬいて一門の行く末が開けるよう、懸命に働きます。御案じ下さるな。

ハイ、よろしくおたのみ申します。重衡の眼をジーッと見つめて、しずかに徳子は目をふせた。

治承五年（一一八一）、空梅雨の後ジリジリと照り付ける灼熱の太陽に、人々の顔はかわっていった。

前年の凶作が深刻になってきて、天下の大飢饉。

（百練抄）には今夏の様子がこのように記されている。

上級僧や官位のある者からも餓死者がその数をしらず。七月には養和と年号が改められたが、二年続きの凶作はさけられそうにもなかった。七月末、宗盛に院から呼出しがあった。

威儀を正して御所に飛んでいった宗盛は、やがて苦虫をかみつぶしたような顔で帰ってきた。

院と何ぞありましたか。重衡は宗盛の顔色を見て聞いた。

何ぞというものではないわ。あのお方は何をお考えになっておられるものやら。又いきどおりがふき上げたか、奥歯をギリギリかみしめた。ホウ院は大納言（宗盛）殿に何を申されたのやら。重衡は兄の言葉をまっていた。

あろうことか、頼朝との和議のこと持ち出して、まことに腹立たしい事よ。

何と頼朝との和議の話。重衡は息がつまりそうになった。父君の四十九日法要の日の事、思い出された。まさか姉君が、重衡の頭をよぎった。

宗盛は重衡のおどろきようを見て自分と同じく勘違いした様子だ。頼朝から院へとどいた書状には、法皇が平家討伐を欲しないのであれば、昔のように平家と源氏と相並べて召仕させてはいかがか。共に法皇にしたがい東国は源氏、西国は平氏に支配させ、反乱の徒は源平力を合わせ討伐せよとおおせいただき。このような内容のことだったという。院は宗盛に、頼朝との和議を進めるがどうかとただされたそうな。

姉上、お力ぞえまことに有りがたく、これで一門は生きのび栄えます。でもそうではなかった。

それで兄君は何とお答えに。重衡は思わず身をのり出した。

知れた事よ。斬首の所、助命された恩義もわすれ、反逆の兵挙げたは頼朝の方ではないか。今になって和議を持ち出すとは片腹痛い。キッパリお断り申してきたわ。

さてそれは。重衡は一しゅん絶句した。兄君、それはもう一度思案なさろうとお考えになりませぬか。

うむ、もう一思案？　何を思案するのだ。宗盛はキョトンとした目をむける。

兄上、今は凶作つづき。兵を集めた所で兵米もままならず、餓死者が道のあちこちで目に付く有様の時。頼朝から和議を申し込んできたなら好機かと思いますが。

何を申すか。おろか者頼朝との和議が好機だと。何が好機だ。

養和二年五月、寿永と年号が。

三年続いた凶作で、京の町で餓死者四万二千三百体と鴨長明の日記にはあった。

控えよ重衡。そこ許はだれにむかってもの申しておる。わしは。わしは一門の統領ぞ。

そのわしに向ってなにをぐだぐだぐだと。政事に口出しは許さぬ。

しかし兄君、四面に敵が現れた今日、一度でも戦に敗れたら、白い眼を向けておる者どもが、一斉に立ち上りましょう。一門がほろびることにもなりかねませぬ。それを防ぐに千載一遇の好機かと思います。

宗盛の体が一尺ほど飛び上ったかと思われた。おのれ、ほろびると。よくも不吉なこと申したな。下がれ。宗盛は手にした扇を投げ付け、それは重衡の肩に当たり、床におちた。

八月にようやく北陸追討軍がととのった。

六千。この凶作の年でよくぞここまで集められたものよ。

だが義仲勢は平家の目代屋敷をかたっぱしからおそい、兵米を作り、二万の軍兵だとのこと。平家六千のこの大軍を率いるのは、通盛、能登守副将には経正。この方は優れた歌人であり、琵琶の名手と知られて武将としてはミスマッチ。将兵の士気に影響するが、宗盛は父清盛亡き後は自分が一門の統領だと、他の者に口出しは一さいさせない。

兄弟等は器量の狭いお方よと、あきらめている。

義仲軍にさんざん討ち取られた戦だった。戦になれぬ通盛が、兵を小出しにしたためらしい。

義仲勢はそれ以上京へ攻めよせて来なかった。

凶作は西国ほどひどくはないが、東国も大軍を動かせるほどの兵米が無かったから。

加賀、越中の山中で平氏軍、義仲軍の合戦があったのは寿永二年五月十一日、深夜から朝にかけてのことだった。倶利伽羅峠の険しい事を知っていた義仲は、平家軍をこの谷へ追い落とす策を考え、夜襲をかけて追落した。

倶利伽峠の谷、そこには平氏の武将や馬がおり重なって、ほとんどの兵が傷付き討死していた。

その日から京では、来る日も来る日も無残な姿で帰って来る落武者の姿があった。ほとんどの者が矢キズ刀キズを負って。この合戦がいかにはげしいものだったか。平家屋敷ではすすり泣きや怒号の声で満ちた。

今、平家に生き残った兵は二千。義仲軍は二万ともいわれる。話にならない。義仲二万の兵で京に上ってくるという。義仲が京に入るなら、我ら京をすてよう。知盛の言に、京を捨てる、京を捨てどこへ参るぞ。福原は京より守りに弱い。

それゆえに福原を捨てたのではないか。いさぎよく義仲につっこみ、討死した方が武士らしい。

せっかくの和議の話をけって等、興奮と悲嘆とやり場の無い憤りの声が渦巻いた。

いさぎ良く討死すれば、幼い帝や姉上、母上を後に残してこのお方達はどうなされます。討死、我々武士らしく良いかも。それでは身勝手すぎます。

父上なら帝は一門とともにあると言われてきました。中納言の言われるよう、京を捨て、安徳帝をお守りして西国へ行こうではありませぬか。大宰府に都を作り、そこで力をたくわえ再び京へ上って来ようではありませぬか。父上ならこのようにすると思います。帝、中宮、院、お三方おつれして九州へ行く話がまとまると、知盛の行動は早かった。

平家にある砂金すべてを馬につみ、摂津、播磨、備前、備中、さらに讃岐、阿波まで各地の浜の船をおさえに先駆させた。船には水夫カジ取りも必要だし、その数でもかなりなもの。一体どのくらい集めたものか、平家物語には、昨日は東軍のふもとにくつわをならべて十万騎、今日は西国の海上にくつわをといて七千騎とあるが、信じる数ではないだろう。せいぜい三千人か。義仲との合戦での負傷者の数も入れてである。これら将兵の外、一部の武将や重臣の家族や、内裏の女房、女子供、四千人ほどのものか。それにしても一夜でこれだけの船を用意出来る平家の力はたいしたものよ。

その後、源氏の手には、小舟一つ手に入らなかった。

平家の対宋交易用の大型外洋船で、一そうの大きさは二百トンだった。荷の量にもよるが、このような船で百五十人ぐらい収容する事は出来るが、清盛は宋交易船をなんそう持っていたのだろう。

当時の瀬戸内海の海族（海賊では無い）水軍衆が大型船を持っていたとは思えない。せいぜい半分以下だったろう。そうなれば一そうの船で四、五十人か。

一門が都を後にしたのは七月二十五日早朝のこと。

都を出る準備はひそかに進めてきた。お三方、おむかえに行くのは当日の早朝と話をき

郵便はがき

料金受取人払郵便

新宿局承認

2524

差出有効期間
2025年3月
31日まで
(切手不要)

160-8791

141

東京都新宿区新宿1－10－1

(株)文芸社

愛読者カード係 行

お名前《ふりがな》		明治 大正 昭和 平成	年生 歳
ご住所《ふりがな》	□□□-□□□□		性別 男・女
お電話番号	(書籍ご注文の際に必要です)	ご職業	
E-mail			
ご購読雑誌(複数可)		ご購読新聞	新聞

最近読んでおもしろかった本や今後、とりあげてほしいテーマをお教えください。

ご自分の研究成果や経験、お考え等を出版してみたいというお気持ちはありますか。

ある　ない　内容・テーマ(　　　　　　)

現在完成した作品をお持ちですか。

ある　ない　ジャンル・原稿量(　　　　　　)

<table>
<tr><td>書　名</td><td colspan="5"></td></tr>
<tr><td rowspan="2">お買上
書　店</td><td rowspan="2">都道
府県</td><td rowspan="2">市区
郡</td><td>書店名</td><td colspan="2">書店</td></tr>
<tr><td>ご購入日</td><td colspan="2">年　月　日</td></tr>
</table>

本書をどこでお知りになりましたか?
1.書店店頭　2.知人にすすめられて　3.インターネット(サイト名　　　　　)
4.DMハガキ　5.広告、記事を見て(新聞、雑誌名　　　　　)

上の質問に関連して、ご購入の決め手となったのは?
1.タイトル　2.著者　3.内容　4.カバーデザイン　5.帯
その他ご自由にお書きください。
(　　　　　)

本書についてのご意見、ご感想をお聞かせください。
①内容について

②カバー、タイトル、帯について

弊社Webサイトからもご意見、ご感想をお寄せいただけます。

ご協力ありがとうございました。
※お寄せいただいたご意見、ご感想は新聞広告等で匿名にて使わせていただくことがあります。
※お客様の個人情報は、小社からの連絡のみに使用します。社外に提供することは一切ありません。

■書籍のご注文は、お近くの書店または、ブックサービス(0120-29-9625)、セブンネットショッピング(http://7net.omni7.jp/)にお申し込み下さい。

め、帝と中宮は時忠が、徳子とともに三種の神器の入っているカラビツを持ち出してきた。その中には八咫の鏡、草薙の剣、八尺瓊の勾玉、それに高倉帝が譲位され厳島神社へ行幸された時御座船にかかげられていた菊の紋章入りのお幕も入っていた。だが院は、高倉院として寺社に挨拶参りの行幸につかわれた品、一門の首脳部は悔み切れない苦い思いをかみしめていた。後白河院ににげられた。

この日の出立ときまったのは前日朝。院の御所へ向かった所、院のお姿はなかった。未明、抜け出されたのだ。

その先は源氏方と思われる。この日の出立は前日にきめ、院は当日朝、おむかえに行く手筈だった。

院が御所を抜け出したと言うことは、だれぞ内報した者がいるにちがいない。宗盛は地団太踏んで悔しがったが、源氏方へ逃げ込まれたらさがし出す事も出来ず、出発となった。一門の者は池殿をうたがった。池殿とは、清盛の異母弟頼盛である。

頼朝が平治の乱で、清盛に首を斬られる時、頼盛の母、池禅尼が早くに夭折した我子に面ざしが似てると、頼朝の命ごいを清盛にたのみ、あまりの熱意に根負けして、清盛は頼朝を伊豆へ流したのだ。

母親は池禅尼。その子だから池殿、池殿で通っていた。清盛の異母弟頼盛を、平氏一門は池殿と呼んでいた。後白河院はこの頼盛をなぜか重用し、宗盛の次に大納言にしたほどだ。

安徳天皇をいただき院に政を行っていただいてこそ、官軍として路々兵や兵米を集める事が出来るが、都で院に安徳帝を廃される事も考えられるが、三器の神器無しで帝位に付く事は出来ぬだろうと、一門は思っている。

この三つの宝物は、遠い昔から皇位継承のさい必要な神器として伝えられて来た物だ。宗盛を先頭に、先陣は早朝京を出立したが、女子子供、荷駄が足手まといになって中々進まない。都落ちの行列の中ほどに、徳子、安徳帝の乗った輿。その後を重衡が守っていた。大宰府に落ち着くまで苦難あるはず。どのような事があっても自分は帝と姉君を守る。それは同時に一門を守ることに通じることだ。行列のシンガリを引き受けたのは知盛。この日、都落ちの事を院に通報したのは頼盛以外には考えられぬと、一門の目はしきりと頼盛に注がれていた。それは当の頼盛にもその一族にも、頼盛に従う武者郎党、女どもまでが伏目勝ちにうつむいて、顔も上げないで行列の後の方に付いてきていた。ところが頼盛の乗っている牛車が急に轅を巡らしたと思うと、街道をそれて伏見の方へ一目散に走り出した。従っていた武者郎党一族が、迷わずこれに付いて道をそれていった。池殿が道をそれましたぞ、討ち取ろうぞ。最後尾に付いていた知盛の手勢は目の前を左の方へ駆け去る数十人の姿にいきり立った。大きな昂を覚えている折だ。都落ちにふんまんやるかたない思いの武者達が、激情に駆られるのも当然だ。だが、馬を止めて知盛は、カマワヌ、去る者は捨ておけ。

とっさにそう怒鳴って、逃げ去る数十人の姿を見送った。頼盛が伏見から再び都へ馳せ戻るつもりはまちがいない。知盛の耳に重衡の言葉が残っている。後白河院は頼盛を鎌倉へつかわし、和議の事を進めるつもりではあるまいか。もはやおそい。しかし、それが叶うなら、望みを託したい。逃げるよう去って行った頼盛を見送りながら、知盛はそう思った。

この日から数日後には一門は船上にあって、瀬戸内海を西へとむかった。義仲軍の追撃から一まず逃れられたとホッと一息した。

ところで、この先和議を進めるさい、神器は取引の道具として有効につかえるのではないかと、知盛にもちかけた。

重衡は知盛には、すべて自分の思いは打ち明ける事が出来た。九州に新しい国を作ろうと提案したのは宗盛。主戦派を納得さすため、だとも打ち明けた。九州で力をたくわえ再起を目指しても、義仲や頼朝の勢いの方が強大になって再起ならぬ時はどうするか。その時は一門の安泰を計ろうとすれば、和議の道を取るしかないではないか。帝をいただいている事は有利ではあるが、磐石の優位ではない。敵勢力が新帝を立てるかも。しかし神器が無ければ新帝を立てる事は出来ない。皇位継承には欠かせない物。それならこれを切札として、和議の道を取る事が出来る。

後白河院が京に残ったのなら頼朝との和議が必ず浮き上って来ると思う。院が望んでいることだから、もしかして池殿を鎌倉へつかわすかも。そのような動きが出た時、神器が平家の手にある時、どのように作用するものか。池殿が院との話し合いで鎌倉との協議の中で、神器の事をどう生かして平家に有利な立場を作ってくれるか。

まさか池殿が京へ逃げ帰るとは、思ってもみなかったが、それはそれで好かったかもしれない。池殿も亡き父清盛の弟なのだ。いざとなれば一門のため、骨身を惜しむことはあるまい。池殿の奮闘に期待するしかない。

知盛は一人ごちた。

寿永三年（一一八四）の正月は福原で迎える事になった。瀬戸内海を渡り、九州の地では大宰府に着く間もなく、地侍集団の襲撃を受けるはめになった。すでに京都の情勢は詳しく伝っており、逃散の平氏に味方する者はいなかった。多くの武者を失い、郎党雑色の逃散も相次ぎ、もはや一門の軍命もこれまでかと絶望のふちに立たされた時もある。だが四国につかわしてあった者から、阿波・讃岐の地侍衆が反平家勢を討伐したと知らせてきて、ようやく安心出来た。

秋風の吹く頃、讃岐の屋島に拠点を築く事が出来た。それから二、三ヶ月の間に大きく勢力を回復していった。四国、九州、山陽、山陰など西日本の一帯では、どこでも地侍同士のはげしい抗争が起っていた。平家落ち目と知ってこれまで平家に与して主導権をにぎってきた者達に反抗する動きがにわかに活発になり、しかしまだまだ平家の底力は強く、各地で叛乱が制圧されつつあった。

その結果、屋島に腰を据える平家一門もしだいに勢力を盛り返した。平家の地侍達も必死だったのだ。ここで平家に倒れられたら、ともに繁栄を受けて来た自分達もその地位を失うことになる。平家の復活は自分達のためでもある。屋島には内裏も造営され、武将達の屋敷も次々と建てられていった。各地から馳せ参じる将兵もふえ、正月をむかえる頃は一万の軍勢にふくれ上った。気になる情報が入って来た。後白河院は安徳帝の異母弟、尊《タカ》成《ヒラ》親王を皇位に就けたということだ。

だが、これはまるで無茶な話だ。一門ならだれでも知っていることだ。このお方、尊成親王は言仁親王の三月後にお生れになったお方。都を出る時、平家の武将が行きかけの駄賃じゃーと言ってかどわかしてきたお子。海上ではお返しする事もままならず、又取り返す事も出来ず、安徳帝の遊び相手として同じ髪型、同じ着物を着せ、大船の中で清盛の妻、時子がお世話をしているお方。院はだれを身代りにされたものか、京でももっぱらのうわさらしい。

公卿達も、多くの方々がこれを認めてはいないと知らせて来た。安徳帝にはまだ皇太子も立てておらず、譲位もしておられず、おまけに践祚《センソ》の儀に欠かせぬ三器の神器もなしで、どうやって新帝を立てたというのか。平家一門の者は、都落ちの後すべての官位を解かれてるのは、平家をたよりにし、復活を望んで平家も今は盛り返している。

にわかに京の情勢がおかしくなりはじめた。鎌倉の軍勢が、義仲討伐に攻めて来たそうな。義仲のやりようが目にあまったらしい。義仲は意のままにならぬ後白河院を幽閉し、政治の事もしたいほうだいに、自から征夷大将軍だと言っているとかつたわって来る。

寿永三年一月二十日、頼朝軍二万、義仲軍の合戦はアッケナク片付いた。義仲は近江の栗津で敗死し、手勢もことごとく討死してはてた。東国に頼朝が反平家の狼煙を上げてから三年半になる。初めて頼朝の代将として入洛して来る義経も、義仲の従兄弟。

同じ血を引く田舎侍。公家達はおそれた。

後白河院は尊成親王を強引に皇位に付けたが、これはあくまで平家に毅然とした態度を見せるための演出であって、和議が成り、安徳帝と神器が無事に戻れば、その時は又手だてを考えるのだ。権謀術数に長けた院のことだ、そして平家と源氏ともにめしつかえさせる。これが院の本心だった。義経は義仲との戦勝の挨拶を院にすますと義経は平家追討のこと院宣たまわりたく、きっぱり奉請した。頼朝殿の意を受けての事か、そうただした院に対して某は兄の名代として参っております。某の奉請は鎌倉殿の奉請とお考え下され。

頼朝から他に伝言はなかったか、院は重ねて質した。が義経は何も御座居ませんとキッパリ言い切った。院は愕然とした。ここまで頼朝が強く出て来るとは思わなかった。義経の平家追討、院宣奉請のことは院議にかけられた。多くの公卿達は平家追討の事は強く反対した。

それは院の意中を思っての事ではあったが、平家の手中に帝と神器がある。これを取りもどさなければ朝廷を中心とした政ごとがなり立っていかないのだ。さらに言えば、公卿の多くは平家の一門とは密接なつながりを持っている。平氏とともに都をさって行った親族、縁者も少なくない。これを追討せよと言える事ではない。院の苦悩も大きく、なかなか結論が出ない。二十四日、和睦策と成った。福原の平家軍は義仲の敗死を聞き、源氏軍は次は福原へ攻めて来ると身がまえていた。敵は数においては平氏にはるかに勝っている。討って出て野戦をいどむことは不利である。幸いな事に、生田ノ森の大手口も、一ノ谷の搦手口もすでに陣の構築は万全。平家軍は四隊に分けられ、それぞれの守りの武将が発令された。生田ノ森の大手口は知盛と重衡、一ノ谷は忠度、北西ノ山の手通盛、教経そして資盛の率いる遊撃隊。いざごらんなれ、これだけの陣ぞなえ、たとえ二倍の敵でもきっと勝てる配置に付いた。

将兵は意気高く、義経勢をまちかまえていた。

ところが、そこへ院の御所から使者がくると言う知らせが入った。義仲を討った後、源平の和議の話が出るのではないか予想はしていた。二月六日、後白河院からの書状が届いた。

和平の事で八日に使者をつかわす。平家からの返答を受けるまで戦はしてはならぬと鎌倉勢には命じてある。そのこと平家にも周知させ、使者をまつようとの内容だった。詭計ではないかと言い出す武将もいたが、宗盛は使者が来る八日まで戦闘は控えよと指令を発した。そして運命の二月七日、この時、院の書状が鎌倉と申し合せて詭計だったのか、義経が院の方針を無視して攻めて来たものか、永遠の迷のまま歴史のやみの彼方に消えて。

宗盛等本営の者達はすでに船で海上に逃げた。

敗戦は明らかだった。早朝からの戦は二刻あまり。

姉君達は御無事で屋島へ立たれたようだ。

御座船は合戦の前から海上にあったらしい。

院の詭計にまんまとやられたわ。八日まで戦闘を控えろと知らせおって七日に義経の大軍を送り込み、不意打ちをさせやがって。知盛がキリキリと奥歯をかんでくやしがった。この攻撃は、院も御存じないかもしれない。ならば昨日の書状は。知盛は血をはくようないきおいでもらした。敵将が院の御命令を無視したのかもしれません。

戦には髪の毛一筋ほどの油断も敗戦につながる。

さすがに重衡、知盛は、生田ノ森の大手口で油断無くかまえていたが、他の守りはことごとくやられた。

中将もういかん、一ノ谷もやられたらしい。こここそが討死の場ぞ。知盛はまなじりをつり上げた。

おまち下され、兄君。どうか屋島へおもどり下され。

某も屋島へもどります。兄上無しで一門は守れませぬ。知盛は、血をはくような重衡の声につき動かされた。

この一ノ谷の戦で、平家はおびただしい戦死者を出した。(吾妻鏡)には一千余人とある。

越前守通盛、通盛の弟業盛、薩摩の守忠度、知盛の長男知章、歌人であり琵琶の名手として知られた経正、弟の笛の名手敦盛、亡き重盛の末子維盛や、資盛、待大将盛俊、きりが無い。

知盛は子知章と従臣と三騎で、本陣の宗盛の船に乗ろうと浜辺へ駆けて行ったが、源氏の武士十数騎が追って来て汀で追い付かれ、知章と重臣がふせぎ戦っている間に、知盛一人馬を海に乗り入れ、二十町もおよぎ切って宗盛の船にたどり付いた。知章と従臣は討死した。父親の逃亡を助けようと、敵の武者に組み付いて討たれた。知章は十六歳だった。

同じ十六歳、敦盛の討死も後の世に語りつがれた。笛の名手敦盛は、海に馬を乗り入れた所、源氏の熊谷次郎直実に呼び止められた。

名の有る武将と見受けたり。敵に背を見せるは卑怯なり。いざお戻りあれ、お戻りあれ。執拗に呼び返す声に敦盛は引き返し、直実と一騎打ちになった。敦盛は直実に組みふせられた。

直実が組みふせた武将の首を落とそうと、兜の内の顔を見て思わず手を止めた。相手はまだ少年。丁度自分の子と同じぐらいの年頃。

そう思った直実は、そっと力をゆるめ、逃げそうらえ、ささやいた。ところがそこへ、源氏の武者等が近寄って来た。敵をわざと逃したところを見られると、弁明のしようもない。敦盛の方もいざ早々に討たれよ、と覚悟を見せる。直実は御免と涙ながらにその首を落とした。

この勢いのまま義経は屋島をたたこうと思ったが、この近くでは小舟一つ手に入らぬとの報告に、京へもどる事にした。

そして平家方の首わたしを進める事にした。

院の御所からは、首さしわたしの儀はさしひかえとの院宣が下った。解官したとはいえ、かっては高官高位の方々、さしひかえよと義経のもとにとどいた。院にすれば安徳帝を取りもどしたい。三器の神器を取りもどすまで、平家をこれ以上おこらせたくないお考えか。

でも義経は強行した。

都大路を郎党の持った矛の先に刺した首が、高々と上げられて行く。沿道をうめつくした人々の間からは、うめき声にも似た悲鳴がわき上った。

あれ越前守通盛様、アレ忠度様、知章様おいたわしや。

何たるお姿と、知ってるお方の首はと、血走った目でさがす。押し殺した泣き声がいつまでもいつまでもつづいた。

元暦二年正月六日、範頼からの飛脚が到着し、鎌倉は騒然となった。範頼は去年九月、大軍をひきいて四国へと出陣していたのだが、平家の巧みな妨害戦にあって兵米は欠乏し、進撃もままならず、武将の中には兵をまとめて東国へ引き上げようとする者まで出てくる。範頼の総大将としての統率力のなさから来る混乱であった。一ノ谷の合戦で平家を打ちゃぶった後は、東国武者達は義経に心を通すようになるが、一ノ谷合戦の義経の武勇伝を耳にすると、なぜか頼朝は不機嫌になる。一ノ谷の合戦後、義経が院から強引に平家追討の院宣を取り付けたにもかかわらず、この追討戦に義経をつかわず範頼を出陣させたのだ。

一ノ谷合戦後、平家は屋島で力を盛り返し、長門にも陣地を持つまでになっていた。

兄上、院は鎌倉殿に、われら一門の追討の宣をつかわしたそうですな。

ウム、重衡は知盛に話しかけてみた。太い腕を組んだままだまり込んでいる知盛に、中納言殿、院からワレラ追討宣が出たなら、帝とともにこの大船にいるのはいかがなものかと思います。中納言殿とわたくしめ二人で帝をお守りし、彦島を後に。まだまだ海族（水軍）が一門に味方の多い内に。

かといっていずこへ。

さてそれは水軍の統領にまかせて、大納言宗盛はずしの二人の密談だった。

二人で帝をお守りし、大船をすてるとか知盛は重衡の案に息をのんだ。中将殿おつかれですか、少し眠られては。知盛の労りの声をさえぎって、いえ中納言殿こそ知章殿を失われ、心中おさっし申します。

北東《キタゴチ》の吹きはじめた船上で、二人は寒さもおぼえず遠くに目ムケり立ちつくしていた。

義経が院から強引に平氏追討宣をいただきながら、今若範頼軍は平家軍に水軍をおさえられ、屋島に攻める事も出来ず、盛り返した平家軍になやまされ、兵米も無くなってきた。

ついに鎌倉へ救援を出した。頼朝は急いで兵米を用意して、義経にたくした。生ぬるい戦が急にはげしい攻めになった。源氏の攻め方に宗盛があたふたしてる間に、知盛、重衡は母と姉に見守られながら仕度をはじめた。帝の御座船にめぐらされていた菊の紋章の幕をはずし、小さくたたみ油紙につつみ、渋紙につつみ、鎧をぬいだ身にしっかり巻き付け、安徳帝を抱き、知盛は草薙の剣をたばさむと無言で立ち上った。

母時子二位の尼は勾玉を手に取ると、かたわらの尊成親王をお抱きして、徳子と大船の甲板へと上って行かれた。北東風の吹く中、甲板には、赤々と松明がたかれ、対岸の源氏方の将兵の顔まで見える。

二人のぬぎすてた鎧をお形見にと、素早く身に付け、従臣は船上へかけ上って行った。後の一人も重衡の鎧を身に付け、後を追って行く。

おオー頭中将殿だ。中納言殿も。対岸でさけぶ源氏方の声を背に、重衡知盛は舟影にじっとまっている。小舟に帝をお抱きして、乗り込んだ。

甲板上のかがり火が大きく、舟影は闇がこく、だれも気付く者はなかった。小舟には、四人の男達が乗り込んでいて、しずかに闇の海へ押し出されて行った。

兵達はお互い、敵の武将の顔は知らない。身に付けた鎧などで将を見わけるのだ。

源太産衣と言銘の鎧は、源氏代々の長男に伝えられた物とか、卯の花おどしの鎧なら平知度、赤地錦大鎧なら平維盛、忠度は紺直糸鎧とか色々おぼえて、鎧の作りで大将を知るのだ。

知盛の鎧を身に付けた従臣は、身に碇を巻き、目前の大納言宗盛に飛び付くと、太った体を抱きかかえて夜の海に飛び込んだ。その横で二位の尼時子は、安徳天皇の三ヶ月後にお生れになった異母弟尊成親王をお抱きし、片手には勾玉を手に、海のそこにも都は有ろうぞと言って、夜の海へ飛び込んで行った。皇太后徳子も母の後を追った。次々と、女達まで荒れはじめた海の中へ飛び込んで行った。このさわぎのため、知盛と重衡達の舟に気付く者はなかったらしい。

平家追討院宣をかかげれば水軍も動かせる。

義経は彦島も追撃の手はゆるめなかった。

元暦二年三月二十四日、平家一門は壇ノ浦にほろんだのだった。義経は水軍をととのえ、入水した者達を熊手で引き上げていった。宗盛は子供の頃から水練にすぐれていた為、プカプカ浮いている所を熊手に引っかかり、引き上げられて助かった。

二十四日、海は荒れて、二十五日大シケになり、海は大荒れに荒れて海中の神器をさがすのに難渋した。

安徳天皇とともに知盛達は、水軍の統頭の屋敷に落ち着く手はずだった。

夜半からの強風に、そして荒波にもなれ、小舟は伊予の河内の浜へ打ち上げられた。安徳帝は重衡様の腕の中で息を引き取られた。お生れからわずか六年あまり、おいたわしい事だった。

板子一枚下は地獄。明日は我身と、漁師等は海難者は昔から丁重に接してきた。知盛達六人も、河内の漁師に助けられた。割れた舟板でほこらを作ってくれ、埋葬をしてくれた。知盛は、舟板で出来たほこらの中へ草薙の剣をそっとおいた。河内の古老は、河内者みなでお守りいたしましょうとの言葉にたくする事にした。

この時代、国土はすべて天皇の物であり、朝廷が国主を任命。国主が国守を命じ、支配させる。国守が国司役人、その下に目代役人ショウヤ（戦国時代の己の支配態せい）を好きなよう構築することが出来た。その日の内に現れた目代は、六人を中浦ノ浜に案内し、ここに安住の地を提供した。平家は大納言の一門。目代は大平家ダイ平《タイラ》家と仕えていたが、文づかいの者が大納言平家をもじって大《ダイ》平《タイラ》家《ケ》を読みまちがえて、大《オオ》平《タイラ》家《ケ》と読んでからおおたいらけになり、それがなまってオオタケに呼ばれるようになった。法通寺からの下の畑をオオタケ山と言い、一門六人を人々はオオタケ組と呼ぶようになったのだ。

四月に入ってから伊予の譲から文がとどいた。伊予の譲とは、四国の水軍の海賊化をふせぐ為、都からつかわされた武士団の頭目で、清盛のおかげでここまでに出世出来た方。

平家がほろびれば自分の身分も保証出来ない。平氏のために懸命に働いてくれた。この時の文をとどけた者が大平《ダイタイラ》家《ケ》をオオタイラ家と読んだ事から、オオタケ組と言うようになった。伊予の譲からの文で、知盛、重衡は一門が三月二十四日で壇ノ浦でほろびた事を知らされた。荒れる海から皇后、大納言様親子はお助かり遊ばされた由、母上様、二位の尼殿、安徳帝は残念ながらお助け申し上げることかないませんでした。海中から今日も神器をさがしておりますが、八咫《ヤタ》の鏡《カガミ》、八尺瓊《ヤサカニ》の勾玉《マガタマ》二つは見つかったが草薙の剣が未だに見つからぬ由、との文だった。

草薙の剣が見つからぬとか海の中にあるはずが無いわ。伊予の河内村に有るワイ。いつまでもさがしておれ。知盛は一人うそぶいた。

この後、義経殿は平家落人がりになると話が出ております。お二人がたのどちら様か義経殿とともに鎌倉へ登られ、和議の申し込みをなされては。お引き会せの労はテマエが致します。近日義経殿は伊予から京に登られ、院に御挨拶の後、鎌倉へ立たれるとのことです。

アアー長い戦だった。壇ノ浦で一門はほろびてしまったのだ。

いや鎌倉殿は落人がりとさわいでいるそうな。秘かに隠れ住んでいる者に、おだやかな余生を送らせてやりたいのう。

一門のために戦って亡くなった者達の恩にむくいるためにも、ここは京の院へ願い出て、義経殿と鎌倉へ参り、和議を。

中将殿、鎌倉が血まなこになってさがしているという草薙の剣を持参してか。

いえそれは後の事です。

義仲の従兄弟、イノシシ武者に話が通じるか、死を覚悟で行かねばなりませぬ。せっかくの好機、伊予の譲にかけてみましょう。

兄君、どうか私めを、一門の最後のつとめです。

重衡の案に知盛も首をたてにふらざるをえなかった。早速に重衡は、末光を供に伊予の譲の元へ立ったのは四月五日だった。

サヌキの浜まで、京に上られる中将様をお見送りしました。

遠路大儀であった。道中気をつけてもどられよ。

好い知らせをまつのだぞと、私メの肩をたたかれて、末光の安心した顔に、中将殿が死を覚悟と立った重衡の顔を思い出し、つい口をはさんだ知盛だった。

いえ義経殿がです。ホオー、あのイノシシ武者がか。知盛は意外な話におどろいた。

ハイ伊予で馬をいただき、私は後の方からお供させていただきましたが、中将様は五尺八寸堂々たるお姿。義経殿は中将様より頭一つ小さく、二人並んで話をされながら馬を進められて。お二方の話は後のお供の私には聞こえませせぬが、お互い笑顔を合せながら、馬を進めておられました。

義経は平治二年（永暦元年）（一一六〇）正月、母トキワと今若、牛若丸と四、五年ほど平家の屋数でくらした事がある。

牛若丸時代、京に育ち、年も二歳ちがい。話が合ったかも。

京の話など子供の頃の話が出たかも。知盛の気も少しは楽になった思いだったろう。

四月末にこのような話を聞かされたが、七月になっても鎌倉からの話どころか、京の院の話すら知盛の所には入って来なかった。重衡が生きているものやら、殺されたものやら、このことさえわからなかった。

七月になって知盛の元へ京から長持に四土用《ヨドヨ》（春夏秋冬）の小袖とともに、コレン様とゆう女性が参られた。

知盛様のお世話をされる方とか。この時、京の公卿からの文で知りえたことは、義経が鎌倉へ送った檀ノ浦の報告は、四月十一日には頼朝の元へはとどいたのだが、書状を読み終ると、あれほど言っておいたのに、あやつは合戦に勝つことばかり考えおって。烈火のごとくおこったそうな。

安徳帝は入水し、神器も宝鏡と勾玉は回収したが、宝剣は失ったとある。後白河院の武力討伐による神器の回収という強硬策を奉じての追討戦であった。平家をほろぼすことより、神器を取りもどす事こそが何よりも大事な事だったのだ。戦勝後の政治的な駆引や、権力掌握の方法を考えれば、この勝利も決して手ばなしで喜べるものではない。草薙の剣がどうしても見つからないとか、元暦元年（一一八四）七月には新帝の即位式を行うとの院のおたっしに又も頼朝は腹を立てた。義経は合戦に勝つことばかり考えおってと、頼朝は義経を鎌倉へ入れる事をこばんでいるとか。大納言宗盛様親子は、六月二十日京で首を落とされ獄門にかけられ、それを後白河院は輿の中から見物されたという。皇后建礼門院様は御無事で京のさるお寺に入られたとのこと。

知盛は檀ノ浦の事は知らなかったが、これで重衡が生きていられない気がした。大納言殿も六月に。おいたわしい事、三十九歳におなりか。子、清宗は十五歳のはず。すると中将は三十歳か、三十一歳になられたかのう。しずかに眼をとじられ、諸行無常栄枯盛衰生者必誠天然の理これで我一門はほろんだ。それに代って源氏が栄える。

しかしその源氏もいつか。それだけの事よ。

だれが天皇になろうと知る必要もないことよ。

四月に元暦と改元された。八月、河内の漁師達は総出で、やれ舟出せや、アミ出せやと大さわぎだった。

伊方の湾の中に、メジカの大群れが入って来たのだ。このようなメジカの群れは、見た事もないとおどろいたそうな。

メジカを追い込み、アミが破れにゃええがのう、と心配するほどの大漁だった。その時だれかが、アレ中浦ノ浜、コレン様が歩いちよる。その声にアミを引く手を休め、中浦ノ浜を見るとコレン様が日傘をさして中浦ノ浜を歩いていたそうな。京の女子はキレイじゃのう、まことベッピンさんよのうと、見とれてしまったそうな。バカモン、メジカが逃げてしもうたが。古老の声に皆がハッと気が付いて、アミの中を見たら、あれだけの大群れのメジカが一匹も残らず逃げてしまってたと。サア、その日の昼下り、河内の浜は蜂の巣をつついたような騒ぎだった。

ウチのジイさんまでコレン様に見ホレとったたと。家のおやじも口アングリ開けとったそうな。だれぞはよだれ流しとったそうな。そしてメジカを皆逃したとか一匹もおらんようにか。女達のさわぎに男達は台無し。着物に見とれとっただきじゃ、あんなキモノ、お前等にも着せてみたいと思っただけじゃー。

アレマア、うまいこと言いよるわ。あんなべべ着せてもろたら、この赤切足に引っかかりモッカカリ、歩けるかいなァ。うまいことゆうて女子に見ほれて、メジカ全部にがしてしもうたと、女達に口々にののしられ、こずかれた男達はだれもが不思議がった。あんな大けなメジカの群れはジイさんの口から聞いた事も無い。それにあんなに早よう外海へ出てしまう。

おかしな事もあればあるものよと、不思議がった。

その夜の未明、これ又今まで聞いた事もない地震に見舞われた。三度のゆり返しに生きた心地もしなかった。まだ明け切らぬ外へ飛び出し、おどろいた。すべての家がつぶれて、板ぶきの屋根の下から、檜皮葺屋根下から這い出して、オウ、生きとったか、オウ、ケガは無かったかと、お互い無事を喜び合った。今頃はまだ、百姓漁師等、柱の下敷になって死ぬような、木材での家はなかった。タンコブぐらいのことですんだ喜びにひたっている最中、悲愴な声がひびきわたった。無いー、無い。あれー、無いわー。次の瞬間、だれもがおどろいた。昨日まで目前に有った海が無かったのだ。はるか、はるかかなたに、今まさに昇らんとするお天道様にてらされて、海らしきものがキラキラ光って見えた。元暦元年八月の大地震で一夜の内に海底が盛り上ったのだ。海が消えたのだ。今の白崎港浦はその時の地震で出来た土地なのだ。今の中学校より少し奥の方まで海で、河内の浜と言われていた海だった。

世の中がどう変ろうと気にするものかと思えど、やはり知盛の気がかりは重衡のことだった。義経がなぜか頼朝に追われ、和歌山から奈良に落ちのびたとか、安宅の関でどうとかこうとか、頼朝は義経をおっている。わけもわからん。終には義経はエゾへ飛んだとか、又モンゴルへ行き、ジンギスハンと言われあばれ回っているとか、色々聞こえてくるのに、重衡の事は何も聞こえてこない。おそらく、京で皇族の氏寺、東大寺に火を付けた事で、院の手で南都の僧兵にわたされ、仏敵といわれて殺されたのかも知れない。

知盛様は（一二〇〇）、土御門天皇（八十三代）の時代まで生きられた。頼朝は義経をおそれたか、平家の落人がりを忘れたかのように、義経を追い回しているように思える。

身を隠すなら、大衆の中へと、伊予の譲の勧めでここの仕事を手伝う事にした。この仕事とは朝廷より五十騎の兵をつかわされ、水軍の海賊化をふせぐために京から来ている頭目だ。清盛のおかげでここまで出世出来た人の一人だ。

平家が又盛り返し、立ち上ると信じたかったのだろう。オオタケ組には心を配ってくれた。宇和海の日振島に狼煙が上ると、他の場所にも狼煙が上り、オオタケ山から見えると知盛等は舟を出して水軍の中に入り、航海の船から積荷によって税を砂金で受け取り、譲の元へおさめ、海賊から積荷を守る事が出来る。瀬戸内の水軍の海賊化をふせぐためでもあったらしい。狼煙が上るとオオタケ組の者は、井戸水をおけにくみ、宋の船にやると、洋酒の空ビンと交換して家に持ち帰り、並べて楽しんだ。近辺の村人達は、中浦のオオタケ組の家にはビードロドックリがあると言って、うらやましがったと言う。ビードロドックリは、外から中味が見えるそうなと、ほしがったそうな。

鎌倉の世も終った（一三三三年）。（一四六七年）応仁の乱。

これから戦国時代の開幕だ。天下の大乱がおこり、それ以来全国に長い長い戦乱がつづくのだ。百姓でも知力体力さえあれば、天下がねらえる時代が来たのだ。

しかしオオタケ組は天皇がだれになろうが、将軍がだれであろうとも、知ろうともしなかった。新しく出来た地にも河内の漁師達も住み付き、港浦と言うようになった。

オオタケ組も中浦から小中浦ときめた。世の中は信長が明智にやぶれたの、秀吉が天下だ、徳川の天下と、相変らずの世相だ。徳川になり、三代家光の時、苛斂誅求《カレンチュウキュウ》政策が取られた（一六四九）。

慶安御触書

百姓は、

一、早起きをし朝草を苅り、昼は田畑耕作にかかり、晩には縄をない、たはらをあみ、それぞれの仕事油断なく仕べく

一、酒茶を買ひのみ申すまじき事

一、収穫期に米や雑穀を、妻や子にむやみに食さぬ事

一、米を大切に仕べく、麦粟稗を作り、米は食さぬ事

一、大豆の葉、小豆の葉、イモの落葉など、捨候義コレ雪隠におくべし（トイレ）紙つかわぬべく候

一、男は農業をかせぎ、女房は夜なべをして、夫婦ともに稼ぐこと

一、茶をのみ、物まいり、遊山ずきする女房は、三下半出すこと

一、見目みにくくとも、夫の世たいを大切にする女房は大切に仕べく

一、衣類の儀、布は木綿の他は仕べきこと

一、タバコすうべからず。食の足しにならず、時間つぶす。金もかかる
一、田畑永代売買禁止
売主牢舎へ上追放、本人死候時ハ子同罪
一、買主過怠牢本人死候時同罪。タダシ買候えし田畑代官が取上げ候（罰金又は労役刑）
田畑勝手作り禁止令
一、田畑タバコ作る申すべからず
一、木線作り申しまじく候
べカラズが三十二も有る。

これらの禁は明治の土地永代売買禁止解禁（一八七二）まで、明治二十六年までつづいた。

農民支配の根本は財の余らないよう、又不足なきよう、死なぬように生きるように考えられていたように思われる。

百姓と胡麻の油は絞れば絞るほど出るとも考えられていた時代。あちこちで百姓一揆が勃発した。

伊方でも、市右衛門が立ち上った。

オオタケ組の男の子は十五歳になると自分の家に寝ず、統頭の家で寝る子が多かった。小中浦としてから親の代から読書を教わり、長老達は潮の流れ星を見て、自分の舟がどこに有るかわかるよう星座までも。又ヨバイの仕方まで教えたそうな。

学校の無い時代、小中浦の男の子等はオオタケの統頭のはからいで風の吹き具合、風の読み方まで教わり、朝になれば各自家に帰り、畑仕事、漁に出たり、又日がくれると統頭(トット)の家へ泊りに来るようだった。

文政八年、新太郎は無二念打払令御フレ書を手に考え込んだ。

いずれの浦方においても異国船寄見受候えば其所に有合や人夫をもって有無におよばず打払うべし

船がにげのびたる時は追船せずともよし

押して上陸せばカラメ取りて良し打留候らえても苦しからず打留候らえても苦からずか。

外人(ケトウ)にも親は有る。子もおろう。この国で死なしてなるか。

小中浦の子供等も人殺しにさせてなるか。ヤメヤ、ヤメヤ、漁一本で生きていくぜ。それから新太郎の代から漁師になったとの事だ。

嘉永六年（一八五三）小中浦となって十三代目、清盛から十八代目。浦賀にアメリカ船ペリー（ペロリ）が来たと大さわぎの頃、福松が生れた。十四代目吉本福松がおモトと結婚して十四年目に、初めて生れた女の子。

子宝に見はなされたとあきらめていただけに、喜び様はおして知るべし。明治二十一年六月に生れた子は、福松の一字取って松江と名付けられた。この家には一子相伝の物がある。この松江女に守らすことがいかがなものかとなやんだそうな。

福松が父、吉本新太郎の後、相続の時、知盛様からこの家に受け継がれた物と父から福松が受け取った物は、油紙につつまれた赤幕だった。八十代高倉帝譲位行幸に作られた、十六片菊の紋章入り。安徳帝の御座船にもちいられた品。狒々の血で染めた物。七百年、八百年立っても色あせる事なしと聞かされた。

そして八十一代安徳天皇様の御座船にかかげていた物と同時に持ち出した神器の一つ、草薙の剣はいずれの時代にか盗難にあい、河内の天皇様のホコラの中には無いそうな。代りに有り合せの刀がまつられているとか。（一一八五年）後白河院と源頼朝等が血眼になって探し廻っていた物だ。草薙の剣などとそんな御大そうな物と知る人も無し。又その頃の人々は天皇が何か将軍が何か知る必要もなかった。父新太郎は先祖様の残された品、どのようにして今日までお守りされたのか、船ダマ様にお供えしていたがシケのたびに痩せる思いだったと。シケで船が沈めば海のもくずときえさるが、幸い今日まで無事にお守り出来た。たのむぞと言われても、福松は眠れぬほどなやんだそうな。

今さらこのような物と思ってみたり、一子相伝でなく河内のように村中でお守りするようになれば盗難にあってもあきらめが付くのではないか。今頃このような物盗む者もおるまいが。

そこまで気付いたが、さてそこからが進まない。いたずらに月日は流れて行く。明治二十五年十月十六日、秋祭りの宵だった。末光の息子が京都の帯座の一番番頭に出世出来たと、親元へ報告がてら帰って来た。

百姓、漁民に文字不要。学校も無い時代。お店奉行で読み書きが出来たら重宝されただろう。小中浦の子供等は統頭方で字を数えてもらい、読めるようにしてもらい、五玉のソロバンの手ほどきしてもらったおかげで苦労は少なかっただろう。読み書きが出来ていたおかげで、番頭にまでなれたとお礼の相撲に来たのだ。

マア、上って一パイの話から、小中浦と同時に名前の出来た。

祭りのお車が出来ているけど小中浦には無い事は祭りにはさみしい話になった時、オオそれだ、福松は膝をうった。ソレソレそのお車じゃ。小中浦も造るぞー。エッ、このコンマイ大平家《オオタケ》（少ない小中浦）で。末光親子は眼をむいた。寄付は無理でっせ。寄附は無理やのう。

マテよ、たしか四、五年前、おふれが出たぞ。田畑永代売買禁止売主牢舎へ上追放本人死候時ハ子同罪。これが明治になって永代売買禁止令解禁になったはずじゃ。わしの畑全部売って金を工面しよう。

そしてあれを皆で守ってもらおう。

トット、アレですか。

末光にはアレで解って通じていた。息子の方は話が思わず大きな話になって、一しゅん息をのんだが。

トット、本気ですかいな、畑全部売ってもと。

おうきめた、二言有るかい。キッパリ言い切った。

この話は祭りにお車もないと、故郷をさみしがった事からなった話です。

トットがそこまで言って下さいますなら、私にも一肌ぬがさして下され。この話の船に乗らして下され。

オオ、こっちこそ大船に乗ったぞ。京の帯問屋とか、お主の奉行先は。

ハイ、加賀百万国の地。あそこにも取引が御座居ます。小中浦で育ったおかげで、他の国から出て来たデッチ等より苦労なしで番頭になれました。今おんがえししなければと京へ帰って行った。

それからほどなくして、若い男がたずねてきた。京から送られてきた木材を、欄間をほるようないきおいで仕事をはじめた。まもなく又二人の若者がたずねてきて、泊り込みで四十日かけて牛若丸と弁慶に人形の着物を着せて京へ帰っていく時、五歳の松江に置土産と、人形のあまり布でお手玉を作って置いて帰っていった。お車作の人（小松源助）は百六十日で京へ帰られ、この方は後名人と言われるほどの腕の人になられたとか。明治十一年、吉本新太郎から吉本福松が相続した畑は、吉本二三男の家の上にある大師堂から法通寺の下まで、他人の土をふまずに行けたそうな。

その畑を全部売ったそうな。

明治二十六年、京からお車に懸る化粧懸が出来たので、まちがいなく指定した日に受け取りに来るよう、つかいが来て、若者二人に受け取りに行ってもらう事にした。

京ではさる御大家の受取日と重なって、御大家は前日家紋入りの袱紗がとどけられ、小中浦の化粧懸にはお店で唐草模様の風呂敷を用意してもらっていた。まちがいのないようデッチが御大家の品をたしかめ、家紋入りの袱紗をかけ、小中浦の化粧懸に風呂敷を載せて両家をまっていた。デッチを昼飯においし出し、一番番頭の末光の息子はヒョイと化粧懸の上のおおいを取りかえた。やがて受取の者が来て、デッチはヘーイとササゲッツで家紋入りの袱紗をわたし、店主、一番、二番、三番、番頭ずらりと並んで両手をついてお使者を見送った。その後へ入ってきた小中浦は立派な化粧懸を唐草模様の風呂敷に抱えて帰っていった。今頃時効とはいえ、さる大家の品としか言い様がない加賀名人の手による品とのこと。とても福松ごときに手に入る品ではないらしい。令和の今日あのような刺繍の出来る人って有るのかな。いよいよ小中浦もお車が出来た。一番後に出来たので、中浦、港浦、小中浦とお夕ビ所に並ぶのだ。

大平家（オオタケ）山はお大師様のお堂から上、法通寺の下道、両脇人の土地ふまずと言われた。

畑を福松はほとんど売ってしまった。遠くに残った畑も栗をうえて（仲山）といって小中浦の共有林として、男女の出合いの場を作る事も手がけた。今日の婚活だ。仲人好きの正月爺さんとあだ名されていた。福松、福松、トットの家は入口から裏口までズーッと土門になっていて、その土門には麦俵がいつでも積み上げていて、百姓等が来年の取り入れまでの不足の食分《クイブン》を借りに来るのを待っていて、麦を取り入れたら返すと借りに来れば、持って行け、持って行けと貸し出していたとか。百姓等が安心するよう、俵半分は縄を入れて、見せかけて積み上げていて、役人がふみこむと俵から綱や藁を引き出して追い返したとか。

明治十三年頃、まだチョンマゲ頭の人が多かったと言う。

福松さんは伊予の松山にシャシンと言う物があるそうな、それを見てくるとチョンマゲ頭で家を出たが、帰って来た時オールバックにビンツケ油テカテカさして帰ってきたそうな。その手の中には今のハガキぐらいの桐の箱に、黒いビロードを張ったガラス板に、自分の姿のうつったシャシンを持ちかえった。伊方で第一号のシャシン、平成の吉本二三男の家にはあったはず。

明治三年、大久保利通は学校を作り、全戸不学の者なきようとしたが、八歳にもなれば子守奉行に女の子なら行く時代に、だれも学校など行ける子は無かった。当時月謝も高かったらしい。福松は二十一代松江に口伝でなく書きとめて置きたく学校へ行かす事にしたが、六歳で女の子が学校へ行ったのは松江一人だった。男子は三人。

伊方村全戸で四人しか学校には行かなかった。それも四年しかなく、読み書きでソロバンはなかったらしい。九九はあった。

昭和二十一年頃までは、小中浦の祭りのお車の菊の紋章に大衆の目から半紙でかくしていたらしい。大正時代には二階からお車を見下す事はどの家でもしなかったそうな。このお幕とともに吉本二三男が二十三代小中浦となって、二三男が十七代となる。

明治二十六年からの化粧懸、名人の作と言われた品も、時代が進むとともに消えゆく物のはかなさを感じます。

菊の紋章も少しほつれているように見えて。

女がペンを握る時代でなかった明治生れの祖母松江からたくされてはいたが、記憶を呼びおこし祖母に代って書き止めてみました。

著者プロフィール

吉本　二三男（よしもと　ふみお）

昭和15年愛媛県生まれ。日本通運勤務、漁業に従事。
愛媛県在住。

吉本　栄子（よしもと　えいこ）

昭和12年愛媛県生まれ。京都府在住。二三男の姉。
（本名・吉田栄子）

安徳天皇と草薙の剣、壇ノ浦から、どこへ

2024年７月15日　初版第１刷発行

著　者　吉本 二三男／吉本 栄子
発行者　瓜谷 綱延
発行所　株式会社文芸社
〒160-0022　東京都新宿区新宿1－10－1
電話　03-5369-3060（代表）
03-5369-2299（販売）

印刷所　株式会社フクイン

ISBN978-4-286-25482-1